Vom Gehen im Eis

VOM GEHEN IM EIS. München–Paris 23.11. bis 14.12.1974
by Werner Herzog

WERNER HERZOG
Vom Gehen im Eis

München - Paris

얼음 속을 걷다

베르너 헤어초크

안상원 옮김

밤의책

일러두기

* 이 책은 『VOM GEHEN IM EIS』(Carl Hanser Verlag, 2012)를 우리말로 옮긴 것이다.

* 각주는 모두 옮긴이 주다.

차례

서문

1974년 11월 말, 파리에 있는 친구에게서 전화가 왔다. 로테 아이스너가 병세가 위중하여 곧 죽을 것 같다고 했다. 그럴 수 없다, 지금은 안 된다, 이 시점에 독일 영화계가 그녀를 잃을 수는 없으며 우리는 그 죽음을 허락해서는 안 된다, 라고 나는 말했다. 재킷과 나침반, 그 외에 필요한 물품을 더플백에 챙겼다. 장화는 새것이고 튼튼해서 충분히 믿을 만했다. 걸어서 가면 그녀가 살아 있을 거라는 확신을 품고, 나는 파리로 향하는 최단 거리의 도로를 걷기 시작했다. 그리고 온전히 혼자이기를 원했다.

독자를 의식하고 그 여행길을 기록한 것은 아니었다. 거의 4년이 흐른 지금, 이 작은 수첩을 다시 들추어 보니 특별한 감동이 밀려왔다. 내가 모르는 사람들에게 여기 적힌 글을 보여 주고 싶은 소망이, 낯선 눈

길들 앞에 나 자신의 문을 활짝 여는 부끄러움을 압도
했다. 몇몇 아주 사적인 부분은 삭제했다.

1978년 5월 24일
네덜란드 델프트에서, W. H.

*

얼음 속을 걷다

11월 23일 토요일

500미터쯤 걷고 파싱 병원에서 처음으로 멈추었다. 거기서부터 서쪽으로 꺾어 걸어갈 생각이었다. 나침반으로 파리 방향을 헤아렸다. 이제 어느 쪽으로 가야 할지 알겠다. 헤르베르트 아흐턴부쉬*는 예전에 달리는 버스에서 뛰어내리고도 멀쩡했었다. 그 이후 똑같이 다시 한 번 뛰어내렸는데, 이번에는 다리가 부러졌다. 지금 그는 5번 병동에 누워 있다.

내가 그에게 말했다. 레히강에는 다리가 많지 않아서 건너는 데 문제가 있겠는 걸. 마을 사람들이 나룻배로 내가 강을 건너게 도와줄 수 있을까? 헤르베르트는 내 앞에 엄지손톱만 한 작은 카드들을 두 줄로, 각 줄마다 다섯 장씩 늘어놓았다. 하지만 어떻게 해석할지

*　　헤르베르트 아흐턴부쉬Herbert Achternbusch, 1938~, 작가이자 영화감독. 헤어초크와 함께 작업했다.

는 알지 못했다. 풀이가 적힌 종이를 찾지 못했기 때문이다. 처음에는 악마 카드가, 두 번째 열에서는 거꾸로 매달린 남자가 그려진 카드가 나왔다.

봄날 같은 햇살, 이것은 예기치 못한 선물이다. 뮌헨을 어떻게 빠져나갈 수 있을까? 사람들은 왜 저리 분주한 것일까? 캠핑 차량인가? 사고로 인해 처분된 자동차인가? 저것은 자동 세차 기계? 곰곰이 생각해 보니 한 가지는 분명히 알겠다. 세상은 잘 어울려 돌아간다는 사실.

모든 것을 지배하는 생각은 단 하나, 여기를 뜨는 것이다. 사람들은 나를 불안하게 만든다. 아이스너는 죽어서는 안 된다, 죽지 않을 것이다, 허락하지 않겠다. 그녀는 죽지 않는다, 죽지 않을 것이다. 지금은 아니다, 그래서는 안 된다. 아니, 그녀는 죽지 않았지, 죽지 않을 테다. 나의 발걸음은 확고하다. 이젠 땅이 떨고 있다. 내가 걸을 때면, 한 마리 들소가 걷는 것이다. 내가 쉴 때면, 하나의 산이 쉬는 것이다. 슬프다! 그녀는 죽으면 안 된다. 죽지 않을 것이다. 내가 파리에 도착했을 때 그녀는 살아 있을 것이다. 다른 일은 일어나지 않을 것이다. 그래서는 안 되기 때문이다. 그녀는 죽어서는 안 된다. 나중이라면…… 모르겠다, 아무튼 우리가 허락할 때까지는.

비에 젖은 들판에서 한 남자가 한 여자를 붙들고 있다. 바닥에 누운 풀은 더럽다.

오른쪽 장딴지에 문제가 생긴 것 같다. 오른쪽 발등 역시 앞부분이 편치 않다. 걷고 있으면 정말 많은 생각이 머릿속을 스쳐 가고, 화가 치민다. 조금 전 작은 사고가 날 뻔했다. 지도는 내가 무척 좋아하는 물건이다. 축구 경기가 시작되려는지, 사람들이 잘 다듬어진 축구장에 중앙선을 긋고 있다. 아우빙(게르메링이던가?) 전철역에 나부끼는 바이에른 팀의 깃발. 떠나가는 기차가 회오리를 남기자 메마른 종잇조각들이 날렸다. 기차는 떠났고 종잇조각들은 한참을 공중에서 빙빙 돌았다. 나는 여전히 내 어린 아들의 작은 손을 내 손에서 느끼고 있었다. 기묘하게도 엄지손가락이 손목 관절까지 휘어질 수 있는 특이하고 작은 손. 빙빙 휘도는 종잇조각을 바라보며 심장이 찢어지는 것 같다. 시간은 느릿느릿 두 시를 향하고 있다.

게르메링의 어느 식당. 오늘은 마을 아이들이 첫 영성체를 받은 날이다. 관악 합주단이 연주를 하고,

종업원이 케이크를 나른다. 단골들이 모인 테이블에서 그녀를 자주 불러 지치게 한다. 로마 시대에 건설된 도로들, 오래전 켈트족이 일구어 놓은 사각형의 터전들, 상상력은 강력하게 작동한다. 토요일 오후, 아이들과 엄마들. 놀이를 하는 아이들은 실제로 어떤 모습일까? 영화에서처럼 보이지는 않는다. 쌍안경이 필요할 것 같다.

이 모든 풍경이 매우 새롭다. 삶의 새로운 장면이다. 조금 전에는 다리 위에 서 있었는데, 발아래는 아우크스부르크 방향 고속도로가 있었다. 차를 타고 갈 때 이따금 고속도로 다리 위에 서 있는 사람들을 보곤 했는데, 이제는 내가 그들 중 한 사람이다. 두 잔째 맥주를 마시고 나니 노곤함이 무릎까지 흘러내려 간다. 한 청년이 실에 맨 마분지 판을 양쪽 테이블 사이에 당기고 실의 양끝을 스카치테이프로 고정시켜 길을 막는다. 단골손님들은 종업원에게 돌아서 가라며 소리치고, 종업원은 당신들 대체 뭐하는 거냐고 말한다. 그리고 다시 시끌벅적하게 음악이 시작된다. 단골손님들은 그 청년이 종업원의 치마 밑으로 손을 뻗는 것을 보고 싶어 한다. 하지만 청년은 감히 그러지 못한다.

만일 영화였더라면 나는 이 모든 것을 사실로

여겼을 테다.

　　　　오늘 밤 어디서 자야 할지는 걱정되지 않는다. 반짝이는 가죽 바지를 입은 남자가 동쪽으로 간다. 종업원은 푸딩을 받친 쟁반을 허벅지 높이로 든 채 남쪽을 향해 "카타리나"라고 소리친다. 그것이 나의 눈길을 끌었다. 그러자 단골손님 테이블에서 누군가 응답하며 "발렌테"라고 소리친다. 손님들은 즐거워한다. 농부인 줄 알았던 옆자리의 남자는 갑자기 녹색 앞치마를 허리에 두르며 식당 주인이라는 정체를 드러냈다. 나는 천천히 술에 취했다. 내 가까이에 있는 테이블이 나를 점점 불안하게 만든다. 커피 잔이며 접시며 케이크가 차려져 있었는데 아무도 자리에 앉지 않았기 때문이다. 어째서 저기엔 아무도 앉지 않는 걸까? 브뢰첸 위에 뿌려진 굵은 소금은 뭐라 표현할 수 없을 정도로 큰 감동을 주었다. 이제 식당의 모든 사람들이 갑자기 한 방향을 바라본다. 딱히 뭐가 있는 것도 아니다. 몇 킬로미터 걷지도 않았지만 나는 벌써 제정신이 아니다. 발바닥이 그걸 깨닫게 해 준다. 혀가 화끈거리지 않는 사람은 발바닥이 화끈거리는 법이다. 식당 앞에서 보았던 수척한 남자가 생각난다. 휠체어에 앉아 있었지만 몸이 마비된

환자는 아니었다. 그는 크레틴병을 앓고 있었다. 어떤 여인이 휠체어를 밀어 주었던 것도 이제 생각난다. 수소의 멍에에는 등불이 걸려 있다. 샌버너디노* 뒤쪽 눈밭에서 사슴과 부딪칠 뻔한 적이 있다. 거기에 짐승이 있을 거라고, 그렇게 큰 짐승이 튀어나올 거라고 누가 예측했겠는가? 산골짜기를 볼 때면 송어들이 머릿속에 떠오른다. 나는 이렇게 말하고 싶다. 군대는 전진하고, 군대는 지쳤고, 군대는 하루 일과를 끝냈다, 라고. 녹색 앞치마를 두른 식당 주인은, 허리를 구부려 메뉴판 위로 얼굴을 바짝 가져간 것을 보니 시력을 거의 잃은 듯하다. 그 정도로 시력이 나쁜 사람이 농부일 리 없다. 식당 주인이 맞을 테다. 이제 식당 안에는 불이 켜지고, 밖에는 낮의 햇빛이 기울고 있다. 바람막이 재킷을 입은 아이가 두 명의 어른들 사이에 끼어서 믿을 수 없이 슬픈 표정으로 콜라를 마시고 있다. 악단의 연주가 끝나자 박수가 터진다. 조용해진 가운데 주인이 말한다, 끝이 좋으면 다 좋은 거야.

　　　　밖은 춥고, 처음으로 본 소들이 내 마음을 흔

---

*　　　미국 캘리포니아주 남부에 있는 도시

든다. 콘크리트 담장 안에는 김이 피어오르는 거름 더미가 쌓여 있는데, 그 주위를 두 소녀가 롤러스케이트를 타고 달린다. 털이 아주 새카만 고양이 한 마리가 보인다. 이탈리아인 두 명이 자전거 한 대를 함께 밀고 간다. 들판에서 밀려오는 강력한 내음! 까마귀들은 동쪽으로 날아가고, 새들이 지나간 뒤 태양은 아주 낮아졌다. 무겁게 젖은 경작지, 숲, 걸어가는 많은 사람들. 세퍼드의 입에서 김이 피어난다. 알링까지 5킬로미터. 처음으로 자동차에 대해 두려움을 느꼈다. 밭에서 사람들이 잡지를 불태우고 있다. 종탑에서 울리는 종소리 같은 소음. 안개가 낮게 내려앉아서 사방이 부옇다. 나는 밭들 사이에 멈춰 선다. 젊은 농부들이 소형 오토바이를 타고 털털거리며 지나간다. 오른쪽 멀리 지평선에는 차들이 많다. 축구 경기가 아직 진행 중이기 때문이다. 까마귀 소리가 들리는데 마음에 어떤 거부감이 솟구친다. 그래, 위를 쳐다보지 말자! 새들은 날아가야 한다! 눈길을 주지 마라, 종이에서 시선을 떼면 안 된다! 안 돼, 안 돼! 까마귀들은 그렇게 날아가는 것! 나는 이제 그쪽을 바라보지 않는다! 비를 푹 머금은 장갑 한 짝이 밭에 떨어져 있고 트랙터가 지나가 파인 자국에는 차가운 빗물이 고여 있다. 오토바이를 탄 십대 소년들은 동시에 죽음을 향해 달려가고 있다. 밭에는 수확하지 않은 당근이 있을 거라 생각했지만, 맙소사, 맹세코 남아 있는 당근을 단 하나도 찾을 수 없었다. 거대한 트랙터가 나를 향해 위협적으로 다가온다. 트랙터는 나를 치고 깔아뭉개려는 것 같다. 하지만 나는 끄떡도 하지 않는다. 옆에 있던 하얀 스티로폼 포장 박스 조각들이 나를 받쳐 주었다. 쟁기질이 끝난 밭을 지나 먼 곳으로부터 대화하는 소리가 들려온다. 숲은 시커멓고 움직임이 없다. 맑은 달이 내 몸의 왼쪽 절반을 비추며 떠 있다. 그쪽이 남쪽이다. 여기저기 경비행기들이 날아다닌다. 그들은 음흉한 사람이 오기 전에 저녁 시간을 충분히 활용하고 있다. 열 걸음만 더 가면, 흉악한 일은 결코 일어나지 않을 것이다. 내가 서 있는 곳에 검정색과 오렌지색 표지의 말뚝이 뽑혀 있다. 그 끝을 보니 말뚝은 북동쪽을 가리킨다. 숲 근처에 고요한 사람들의 모습과 개들이 보인다. 내가 가로질러 가는 이 지역에는 광견병이 퍼졌다. 만일 내가 저 하늘에 소리 없이 떠 있는 비행기를 타고 있다면 한 시간 반 만에 파리에 도착했을 것이다. 저기 나무를 베는 이는 누구일까? 이건 시계탑

종소리인가? 그래, 이제 또 계속 걸어가자.

　　　　우리들이 얼마나 우리가 타는 자동차와 한몸이 되는지는 표정에서 알 수 있다. 군대는 지친 왼쪽 다리와 함께 썩은 나뭇잎 속에서 휴식한다. 갑자기 야생 자두가 생각난다. 내 말인즉, '야생 자두'라는 단어가 떠올랐다는 뜻이다. 물론 자두는 보이지 않고, 튜브가 없는 자전거 바퀴 테 하나가 떨어져 있을 뿐이다. 빨간 하트 모양이 테를 따라서 그려져 있다. 이 커브 길에 새겨진 바큇자국을 보고 나는 여러 자동차들이 길을 잘못 들었음을 알 수 있다. 숲속 여관을 지나쳐 간다. 막사처럼 거대하다. 거기엔 개 한 마리, 그리고 괴물같이 생긴 송아지가 있다. 일순간 송아지가 나를 공격할 줄 알았지만, 다행히 문이 획 열리고 송아지는 열린 문으로 잠잠히 사라진다. 자갈 더미가 보이고, 나는 그것을 밟으며 걷는다. 그 전에는 흙을 운반하는 사람들도 볼 수 있었다. 짧은 스커트 차림을 한 십대 소녀들이 다른 십대 소년들이 모는 오토바이에 올라탈 준비를 하고 있다. 어느 가족을 지나쳐 갈 때, 딸아이의 이름이 에스터라는 걸 알았다. 열매를 거두지 않은 겨울의 옥수수 밭은 창백하고 소란스럽다. 하지만 바람은 없다. 이것은 죽음이라는 이름의 밭이다. 하얀 수제 종이 한 장을 발견했다. 온통 습기를 머금은 채 바닥에 떨어져 있었다. 축축한 밭에 뒤집혀 있던 그 종이의 앞면에서 뭔가를 읽을 수 있지 않을까 하여, 호기심 가득히 그것을 집어 들었다. 그래, 무엇이든 한 글자 정도 적혔을지 모른다. 그것이 빈 종이임을 알았지만, 실망하지는 않았다.

되텔바우어는 마을 전체가 굳게 잠겨 있었다. 길가에는 빈 병이 담긴 맥주 상자가 수거할 사람을 기다리고 있다. 늑대 같은 셰퍼드에 그렇게 겁먹지 않았더라면 나는 밤을 보내기 위해 개집이라도 만족했을 것이다. 그 안에 짚은 있을 테니까. 자전거를 탄 사람이 오더니 360도 회전을 해 보이는데, 그때마다 페달이 체인 가드를 때린다. 내 옆으로 가드 레일이 이어지고 머리 위로는 전선이 지나간다. 전압 때문에 위에서 바지직 소리가 난다. 이 언덕은 그 누구도 그 무엇으로도 초대하지 않는다. 바로 저 아래 환하게 빛나는 마을이 보인다. 오른쪽 멀리에 있는 도로는 아주 조용하지만 활기찬 느낌이다. 헤드라이트 불빛으로 밝지만 소리는 없다.

알링 근처, 어느 교회에서 잘 수 있지 않을까 하여 안에 들어갔다가 깜짝 놀랐다. 어떤 아주머니가 세인트 버나드 종의 개와 함께 있었고, 기도 중이었다. 더욱이 교회 앞에 서 있는 두 그루 실측백나무 때문에 나의 공포심이 두 발을 통과하여 바닥없는 나락까지 떨어졌다. 알링에는 문을 연 여관이 없었다. 나는 어두운 공동묘지에서 쉴 자리를 찾아 헤맸고, 그다음에는 축구장을, 그다음엔 건축 공사장을 탐색했다. 공사 중인 건물의 창은 두꺼운 플라스틱 덮개로 막혀 있었다. 하지만 누군가 나를 알아챘다. 알링의 외곽은 습지였다. 거기 있는 건물들은 이탄 창고인 듯하다. 덤불에 들어갔다가 지빠귀들을 몰아내고 말았다. 놀란 수많은 새들이 어둠 속에서 갈피를 잡지 못하고 이리저리 날았다. 결국 호기심이 나를 적당한 장소로 데려갔다. 주말 별장이다. 정원은 잠겨 있고 연못 위에 설치된 작은 다리들 역시 막혀 있다. 나는 요시*에게 배운 대로 완력을 사용했다. 먼저 셔터 하나가 튕겨 나갔고, 창문이 박살났다. 나는 안으로 들어갔다. 실내에는 귀퉁이에 벤치가 놓여 있고, 굵은 장식용 양초들이 있었다. 양초는 지금

---

*   요시 아르파Joschi Arpa, 1945~, 영화 제작자로 헤어초크와 영화 「보이체크」(1979) 등 작업을 함께했다.

타고 있다. 침대는 없지만 그 대신 바닥에 부드러운 양탄자가 깔려 있고 쿠션도 두 개 있다. 마시지 않은 맥주도 한 병 있다. 한구석에는 빨간 왁스 도장이 있다. 테이블보에는 1950년대 초에 유행했던 모던한 무늬가 새겨져 있다. 테이블 위에 크로스워드 퍼즐이 있는데, 아주 어렵사리 10분의 1 정도를 푼 듯했다. 가장자리에 끼적인 글자들이 단어의 마지막 답을 그런 노력 끝에 얻어 냈음을 보여 준다. 머리에 쓰는 것은? 모자. 거품이 있는 와인은? 샴페인. 원거리 통화 장치는? 전화. 나는 나머지 퍼즐을 풀고 테이블 위에 기념으로 놔둘 것이다. 이곳은 위험에서 벗어난 훌륭한 장소다. 아 그렇지, 길쭉하고, 둥근 것이라? 그것은 세로로 네 개의 철자로 된 단어이며, 마지막 철자는 가로로 교차하는 단어 'TELEFON(전화)'의 'L'로 끝난다. 답은 구하지 못했지만, 첫 번째 철자가 들어가는 첫 칸에는 볼펜으로 여러 번 테가 둘려졌다. 우유 단지를 들고 캄캄한 마을길을 걸어 내려왔던 부인이 나중에도 한동안 내 머릿속을 떠나지 않았다. 발의 상태는 양호하다. 어쩌면 바깥 연못에는 송어가 살지 않을까?

11월 24일 일요일

밖엔 안개가 끼었고, 말도 못할 정도로 얼음처럼 차가운 날씨다. 연못에는 살얼음이 떠 있다. 잠에서 깬 새들의 소리. 연못 위 판자 다리를 건너는 나의 발걸음 소리가 공허하게 울린다. 오두막에 걸려 있던 수건으로 얼굴을 닦았다. 땀 냄새가 코를 찔렀다. 온종일 이 냄새가 나를 따라다닐 것이다. 내가 신은 장화의 근본적인 문제는 너무 새것이라서 발을 옥죈다는 점이다. 스펀지 같은 걸 대 보기도 했고, 동물처럼 아주 조심스럽게 걸어 보기도 했다. 생각하는 것마저 동물을 닮게 된 듯하다. 오두막 안에 문 옆에는 워낭이 걸려 있다. 작은 종 세 개가 묶여 있고 중간에는 추와 잡아당기는 술 장식이 달려 있다. 종일 먹은 것이라곤 땅콩 두 봉지. 아마도 오늘 안으로 레히강에 닿을 것 같다. 안개 속에 수많은 까마귀들이 나와 동행한다. 일요일인데 한 농부가 트랙터에 퇴비를 싣고 지나간다. 안개 속 까마귀 울음

소리. 트랙터는 아주 깊이 바큇자국을 남기고 갔다.

어느 농가 마당 한가운데 축축하고 더러운 사탕무 더미가 평평하게 거대한 산처럼 쌓여 있다. 여기는 앙거호프. 길을 잘못 들었다. 안개에 쌓인 마을들에서 일요일을 알리는 종소리가 동시에 울려온다. 이제 교회에서 예배가 시작되려나 보다. 여전히 보이는 건 까마귀뿐. 시간은 오전 아홉 시.

안개 속에서 신기한 언덕이 나타난다. 사탕무 더미가 언덕처럼 농로를 따라 쌓여 있다. 목이 쉰 개 한 마리. 무를 한 조각 잘라서 먹을 때 나는 자흐랑*을 생각한다. 시럽에 거품을 많이 올렸던 것 같다. 무의 맛이 그때 일을 생각나게 한다. 홀츠하우젠에 닿았다. 도로가 나온다. 첫 번째 농가 옆에는 사람들이 수확한 곡물을 비닐로 덮고 낡은 타이어로 눌러 놓았다. 이곳은 수많은 폐기물을 걸어서 벗어나야 한다.

쉰가이징 근처에서 잠시 쉬었다. 암퍼강을 따라 식물이 엉켜 있는 지역이다. 숲 주변에 풀밭이 펼쳐

---

*   바이에른주의 산골 마을로, 헤어초크는 이곳에서 열두 살까지 살았다.

지고 숲을 따라 곳곳에 사냥용 감시대가 서 있다. 그중 하나에 올라가 앉으니 쉰가이징을 볼 수 있다. 안개는 옅어지고, 어치들이 날아온다. 간밤에 나는 오두막에 있던 낡은 고무장화 속에 소변을 보았다. 사냥꾼 일행 중 한 사람이 그 위에서 뭘 찾고 있냐고 나에게 물었다. 나는 당신의 개가 당신보다 더 마음에 든다고 말했다.

빌덴로트. '늙은 여관 주인' 식당이다. 암퍼강을 따라 늘어선 주말 별장의 오두막들은 텅 비어 스산한 모습이다. 연기에 싸인 채 중년 남자가 서 있었다. 그는 관상용 전나무에 달린 박새 집에 모이를 채우던 중이었다. 연기는 굴뚝에서 나온 것이다. 나는 그에게 인사하고, 그의 집 화덕 위에 따뜻한 커피가 있는지 물어볼까 망설였다. 마을 입구에서는 나이 든 부인을 보았다. 작은 키에 다리가 굽었으며 표정에는 광기가 서려 있었다. 그녀는 일요일판 『빌트』지**를 배달하기 위해 자전거를 밀고 갔다. 그리고 마치 적에게 접근하듯 집집마다 살금살금 다가갔다. 식당 안에서 한 아이가 플

** 　　　『Bild』, 독일의 대중적인 타블로이드판 신문

라스틱 빨대 뭉치로 미카도* 게임을 하려고 한다. 종업원은 이제 막 식사 중이었다. 그녀는 음식물을 씹으면서 다가온다.

내가 앉은 구석에는 마구가 걸려 있고, 붉은 가로등이 조명으로 설치되었으며, 그 위쪽에 스피커 박스가 있다. 거기서 내가 좋아하는 티롤 지방의 민속악과 요들송이 들려온다.

갈아엎은 밭에서 차가운 증기가 계속 피어오른다. 아프리카인 두 사람이 내 앞에서 걷고 있었다. 그들은 전형적인 아프리카식 손짓을 하며 대화에 빠져 있었다. 그들은 내가 뒤에 있다는 사실을 끝까지 알지 못했다. 가장 황량해 보인 것은 여기 숲속에 있는 '핫 건 웨스턴 시티' 공원의 말뚝 울타리였다. 모든 것이 쓸쓸하고 춥고 허전했다. 다시는 사용되지 않을 철로. 여행은 길어질 것이다.

탁 트인 들판을 가로지르는 몇 킬로미터의 국도를 어여쁜 마을 소녀 두 명을 따라서 걸었다. 한 소녀

---

*　나무 막대기를 이용한 일종의 보드게임으로, 다른 막대를 건드리지 않고 막대를 하나씩 빼내는 놀이다.

는 미니스커트를 입고 작은 백을 들고 있었다. 그들은 나보다 조금 느리게 걸었다. 그래서 몇 킬로미터쯤 가서는 가까이 다가갈 수 있었다. 그들은 멀리에서 나를 발견하고는 몸을 돌리더니 속도를 냈다. 그러다가 다시 천천히 걸었다. 마을에 거의 다다랐을 때에야 그들은 비로소 안도했다. 내가 자신들을 앞질렀을 때는 허탈한 기색이었다. 마을 근처에 농가가 있었다. 멀찍이 엎드려 기어가는 노부인이 보였다. 그녀는 몸을 일으키려 했지만 되지 않는 듯했다. 팔굽혀펴기를 하듯 몸을 움직였기에 처음엔 나도 운동을 하나 보다 생각했다. 하지만 그녀는 몸이 너무 뻣뻣해서 일어날 수 없었던 거다. 그렇게 팔다리로 기어서 그녀는 집 모퉁이 쪽으로 나아갔다. 집 뒤에는 그녀에게 딸린 식구들이 있었다. 겔텐도르프 근처 하우젠 도착.

언덕 위에서 내려다보니 땅은 목초지처럼 펼쳐져 있다. 내가 가려는 발테스하우젠 방향으로, 오른쪽 조금 떨어진 곳에 양떼가 있다. 목동의 소리가 들려왔지만, 모습은 보이지 않는다. 대지는 아주 적막하고 경직되어 있었다. 아주 멀리 한 남자가 들판을 지나간다. 필리프*는 모래밭에 쓴 단어들을 나에게 보여 주었다. 바다, 구름, 해, 그리고 자기가 만들어 낸 단어였다. 그는 아무에게도 단 하나의 단어도 말한 적이 없었다. 페스텐아커 마을에서는 사람들의 모습이 비현실적으로 보인다. 그리고 이제, 오늘밤은 어디서 자야 할까?

---

* 필리프 프티Philippe Petit, 1949~, 헤어초크 감독과 함께 작업했던 프랑스인 곡예사.

11월 25일 월요일

보이어바흐 부근 건초 헛간에서의 하룻밤. 헛간 아래쪽은 소의 축사로 이용되고 있어서, 바닥이 끈적거렸고 깊이 짓밟혀 있었다. 위에서 머물기는 괜찮았다. 빛이 없을 뿐이다. 밤은 길었지만 충분히 따뜻했다. 밖에 나오니 두꺼운 구름이 몰려가고 폭풍이 몰아치며, 온 세상이 잿빛이었다. 날이 제법 밝아졌음에도 트랙터들은 전조등을 켜고 있다. 백 걸음 정도 가니 길가에 작은 벤치와 십자가 하나가 서 있다. 등 뒤로 멋진 일출이 펼쳐진다. 구름에 작은 틈이 갈라지고, 태양이 대격전의 날처럼 핏빛으로 떠올랐다. 잎이 다 떨어진 메마른 포플러나무들, 날아가는 까마귀 한 마리. 까마귀는 날개가 4분의 1 정도 잘려 있었다. 그리고 비. 내 주위에 황량하고 아름다운 풀밭이 거센 바람에 흔들거린다. 벤치 바로 앞 경작지에는 트랙터가 지나간 흔적이 있다. 마을은 죽은 듯 고요하다. 작업은 모두 끝난 것처럼 보였고 마을은 더 이상 깨어나려 하지 않는 것 같다. 양 발꿈치에, 특히 오른쪽에 물집이 잡히는 것 같아서 신발을 신을 때는 엄청나게 조심해야 한다. 슈바브뮌헨까지 더 가야 할 것 같다. 포장도로라서 걷기에 좋고, 비용 때문이기도 하다. 구름이 나를 향해 몰려온다. 세상에, 비가 내리면 밭의 흙이 얼마나 무거워질지! 뒤쪽 농가에서 칠면조들이 경고라도 하듯 소리를 지른다.

클로스터레히펠트 앞이다. 레히강은 다리가 없어도 건너는 데 아무런 문제가 없어 보인다. 이 지역을 보니 캐나다가 떠오른다. 병영 막사, 골진 판으로 지은 건축물 안의 군인들, 제2차 세계대전 때 만들어진 벙커. 꿩 한 마리가 1미터 정도 앞에서 날아갔다. 커다란 양철통에서 불이 타오르고 있다. 인적 없는 버스 정류소, 아이들이 거기에 색색 분필로 그림을 그려 놓았다. 골진 플라스틱 판으로 세운 벽의 한쪽이 바람에 펄럭거린다. 벽에는 내일 전기가 공급되지 않는다는 공지문이 붙어 있다. 하지만 반경 100미터 이내에 전기 시설 같은 것은 찾을 수 없다. 비가 내린다. 자동차들은 계속 라이트를 켠 채 달린다.

레히강에서 슈바브뮌헨까지 가는 길에 성난

폭풍이 몰아치고 폭우가 쏟아졌다. 아무것도 인지할 수 없었다. 그러고 나서는 정육점에서 하염없이 선 채로 살인에 대해 생각했다. 식당에서 종업원은 한눈에 모든 것을 파악했고, 그게 오히려 나에겐 잘된 일이라서 기분이 좋아졌다. 밖에는 순찰차와 경찰이 와 있다. 조금 후에 나는 그들 주변을 빙 돌아서 갈 것이다. 은행에서 고액권을 환전할 때에는, 여직원이 아무 때라도 경보벨을 울리게 될 것임을 확실히 느꼈다. 그래, 그러면 곧바로 사라져 주겠어. 아침 내내 우유가 미칠 듯 마시고 싶었다. 이제부터 나에겐 들여다볼 지도도 없다. 가장 급박하게 필요한 것은 회중전등, 그리고 반창고.

창밖을 내다보니 건너편 지붕 위에 비에 젖은 까마귀 한 마리가 고개를 움츠리고 앉아 있었다. 미동도 없었다. 꽤 시간이 지난 후에도 까마귀는 거기 그대로, 꼼짝 않고 외로이 떨면서 앉아 있었다. 마치 까마귀 자신의 존재를 사색하듯 고요하게. 그때 까마귀와 동지적 감정이 내 속을 파고들었다. 고독이 가슴을 채웠다.

우박과 폭풍. 처음 돌풍이 몰아칠 때는 정강이가 끊어지는 줄 알았다. 시커먼 게 숲을 덮으며 몰려오는 걸 보자마자 조짐이 좋지 않았다. 이제 우박은 눈으로 바뀌어 간다. 축축한 길바닥에 내 모습이 비쳐 보인다. 한 시간 전부터 약간의 욕지기가 나서 입안에 가득했다. 우유를 너무 급하게 마신 탓이다. 이곳의 소들도 예기치 않게 뜀박질을 하게 되었다. 나는 거칠게 부식처리한 목재로 지붕을 덮은 버스 정류소로 피신했다. 하지만 왼편은 개방돼 있어서 내가 서 있는 맨 뒤 구석까지 눈보라가 들이쳤다. 폭풍, 눈보라, 빗줄기와 함께 이제는 나뭇잎도 몰아쳐서 몸에 달라붙더니 몸을 완전히 덮어 버렸다. 여기를 떠나자. 계속 가자.

작은 숲에서 잠시 쉬었다. 계곡을 내려다보고 나서, 초원을 통과하는 지름길을 택하여 가는데, 젖은 풀들이 발밑에서 짭짭 소리를 낸다. 여기서 길은 넓은 커브 모양이 된다. 눈보라가 닥쳤지만 이제는 모든 게 다시 평온해지고 있다. 내 몸도 천천히 말라간다. 그리고 앞에 보이는 건, 어딘들 어떠랴, 아마 미켄하우젠이겠지. 전나무에서는 침엽이 쌓인 바닥으로 계속 물방울이 떨어지고 있다. 허벅지에서는 말처럼 모락모락 김이 오른다. 이제 숲이 무성한 비탈진 지역이 나타난다. 내겐 모든 게 낯설기만 하다. 점차 가까워지니 마을들은 죽어 있는 것처럼 보인다.

미켄하우젠(뮌스터던가?)에 얼마 못 미쳐서 다시 서쪽으로 약간 방향을 틀었다. 느낌상 그렇게 정했다. 양쪽 발꿈치에 생긴 물집 때문에 걷는 게 고통스럽다. 전신주 위에 안전띠를 맨 설비 기사가 무덤덤하게 노골적으로 나를 보고 있었다. 그는 고통을 겪는 남자를 내려다보면서, 팽팽한 안전띠에 몸을 맡긴 채 파이프 담배를 피웠다. 내가 아래로 지나갈 때 그는 흡연을 멈추고, 눈길로 천천히 나의 뒤를 좇았다. 나는 갑자기 뿌리박힌 것처럼 멈췄다가 즉시 돌아서서 그를 빤히 쳐다보았다. 갑자기 그의 뒤에 절벽이 보였다. 절벽에는 동굴이 하나 있는데, 그것은 활짝 아가리를 벌려 아래에 있는 바다를 향해 소리를 질렀다. 모든 강물이 한데로 흘러와 바다에서 끝났다. 해안에는 기괴하게 생긴 것들이 몰려들었다, 이 세상 어디서나 그렇듯이. 갑자기 모든 것을 압도하며 이 세상의 것 같지 않은 이상한 휘파람 소리와 흐느끼는 소리가 공중에서 들렸다. 비탈면 위에서 원을 그리며 날고 있는 행글라이더가 내는 소리였다. 산꼭대기에 세워진 레이더 관측소는 해 뜨는 쪽을 향하고, 그 방향 저 멀리에서 우르릉거리는 포성이 울려왔다. 비밀리에 영원히 침묵하며 엿듣고 있는 커다란 귀와 같은 관측소는, 그러나 아무도 들을 수 없는 절규를 방사하고 있다, 저 깊은 우주에 이르기까지. 누가 관측소를 건설했는지, 누가 그것을 조작하며 누구를 향하고 있는지는 아무도 모른다. 아니면 전신주 위에 있던 설비 기사가 무슨 관계가 있을까? 그는 어째서 내 뒤를 그렇게 응시한 것일까? 레이더 관측소는 종종 구름에 가려 있다. 그러고 나서 구름이 걷히고 해가 저물며, 나는 여기 서 있는데 하루하루 시간은 지나간다. 관측소는 언제나 꼼짝하지 않고 우주의 마지막 가장자리를 응시하고 있다. 언젠가 전쟁이 끝날 무렵의 일이다. 비행기 한 대가 자흐랑 산악림 위로 금속제 장비를 떨어뜨렸다. 나무 우듬지에 걸린 그 장비는 깃발이 달려 있어 알아볼 수 있었다. 어린아이였던 우리는 깃발이 나무에서 나무로 이동하고, 그 비밀스러운 장비가 앞으로 움직일 거라고 확신했다. 밤이 되자 몇몇 남자들이 출발했다. 새벽에 돌아왔을 때 그들은 자신들이 무엇을 발견했는지 알려 주려 하지 않았다.

아름다운 언덕이 펼쳐진 풍경. 숲은 풍성하고 세상은 고요하다. 매의 울음소리. 내 뒤에 있는 노변 십자가에는 이렇게 적혀 있다. '아침 일찍 존재했던 것은 밤이 오기 전에 쉬이 달라질 수 있습니다. 그동안 나는 이 세상에서 살며, 끊임없는 죽음의 위험 속에 살아갑니다. 나의 하느님, 그리스도의 피를 통해 간구하오니, 나의 종말을 편안하게 하소서.' 시간은 영원을 향해 흐른다.

들판 사이로 난 길이 점점 남쪽을 향한다는 사실을 알았다. 숲 하나를 에둘러 키르히하임에 닿으니 황혼녘이다. 오버게써츠하우젠에서는 숙소를 잡지 못했다. 벌써 완전히 캄캄했기 때문이다. 나는 어디로 걷는 것이 아니라 마냥 배회하고 있다. 양다리가 너무 아파서 어느 쪽도 앞으로 내딛을 수 없을 정도였다. 백만 걸음은 얼마나 많은 걸까? 산 위 하젤바흐 방향으로 어둠 속에 뭔가 서 있는 것이 보인다. 바람에 휘청거리는 그것은 완전히 더러운 축사였다. 무릎까지 빠질 정도로 축축한 진흙이 쌓인 바닥은 소들의 발굽에 짓밟혀 있다. 이내 발에 진흙 덩어리가 묵직하게 들러붙는다. 하젤바흐 앞 언덕 위에 자그마한 휴가용 별장 두 채. 맥주잔. 11월 달력. 밖에는 폭풍이 불고 오두막 안에는 쥐들. 게다가 얼마나 추운지!

11월 26일 화요일

키르히하임 주유소에서 쉘 정유회사가 만든 지도책을 구입하고 나니 모든 게 좀 분명해졌다. 밤에는 험한 폭풍이 불었고, 아침에는 여기저기 아직 녹지 않은 눈이 흩어져 있었다. 비, 싸락눈, 그것은 가톨릭교회 성직자의 서품식 같다. 오두막을 가까이서 살펴보니 시골 분위기를 내기 위해 벽마다 도리깨와 건초용 쇠스랑을 걸어 두었다. 기념 표지가 새겨진 여행용 지팡이도 있고, 쇠스랑은 십자가 위에 걸렸다. 그리고 이달의 누드모델이 찍혀 있는 9월 달력 한 장. 창문 위쪽 벽에는 이 집에 머물렀던 사람들이 찍은 폴라로이드 사진이 여러 장 붙어 있는데, 그걸 보니 체프와 쉥켈 같은 사람들이 또렷이 생각났다. 주유소 직원이 어찌나 비현실적인 시선으로 나를 쳐다보는지, 내가 아직 사람의 몰골인지 거울로 확인하기 위해 서둘러 화장실로 갔다. 맙소사, 폭풍에 날리듯 주유소를 빙 돌아 잽싸게 사라져야겠다, 날개를 얻을 때까지. 밤이 되면 다음번 오두막으로 쳐들어가서 왕으로 군림할 것이다. 그곳은 나의 성이 되겠지. 주방에 있던 알람 시계가 작동하여 요란하게 '최후의 심판'을 알려 준다. 밖에는 숲을 후벼파듯 폭풍이 몰아친다. 오늘 아침, 밤은 익사한 채 차가운 회색 파도에 실려 다가왔다. 길가에 떨어진 담뱃갑들이 무척이나 마음을 사로잡는다. 특히 구겨지지 않은 채 약간 부풀어오른 모양 때문에 시체가 연상된다. 모서리는 날카롭지 않고 셀로판지 안쪽에는 김이 서려 있는데, 추위에 작은 물방울이 응결된 것이었다.

로테 아이스너, 그녀는 잘 있을까? 살아 있을까? 나는 충분히 빠른 속도로 갈 수 있을까? 그렇지 않을 것 같다. 텅 빈 대지, 예전에 이집트에서 이런 쓸쓸함을 느꼈던 적이 있다. 정말로 내가 도착하면, 어떤 일이 있었는지, 이 여정이 어땠는지 아무도 알지 못할 것이다. 서글프게 내리는 비를 맞으며 트럭들이 달려간다. 키르히베르크, 하스베르크, 로펜하우젠, 이 지역에 대해서는 할 말이 없다. 마지막에 서쪽 방향으로 자그마한 거주용 컨테이너가 있었다. 아마 집시들의 거주지 같았는데, 어쩔 수 없이 거기 사는 것처럼 모든 게 임시

방편으로 보였다. 나는 숲 너머로 멀리 바라본다. 전나무들이 서로를 향해 흔들거리고, 까마귀들은 거센 바람에 맞서 날지만 거의 나아가지 못한다. 키 큰 이삭들 위에는 마을이 형성된 것 같다. 이삭마다 집을 하나씩 이고 있다. 집들은 긴 줄기 위에서 장엄하게 차례차례 흔들리고, 온 지역이 물결치며 흔들거린다. 전나무 위에는 매가 바람에 맞서 한 점으로 버티고 있다가 수직으로 높이 오르더니 이내 진로를 바꿔 버린다. 노루 한 마리가 도로 위로 튀어 올랐다가 왁스칠한 바닥같이 매끄러운 아스팔트 위에서 미끄러진다. 날은 엄청 춥고, 눈이 내렸었는지 평평한 풀밭 사이에 아직 남아 있다. 가지 하나가 나무를 뚫고 자라난 걸 보니 당황스러웠다. 죽은 듯 고요한 마을로부터 개 짖는 소리가 들려왔다. 노변 십자가 앞에서 누구라도 기도하는 모습을 보았더라면 좋았을 텐데! 하루 종일 저공 비행기들이 머리 위를 날아다녔는데, 한 번은 너무 가까이 다가오는 바람에 조종사의 얼굴을 본 것 같았다.

　　　케터스하우젠. 여기까지 오는 데 얼마나 힘들었는지 속까지 완전히 기진맥진했다. 아무런 생각도 들지 않는다. 어느 여관에는 늙은 은퇴자가 맥주 가열기에 맥주를 데우면서 가죽 소파에 앉아 있지 않았을까?
붉은 얼굴의 여관 주인은 뇌졸중 발작을 일으켰던 것은
아닐까? 이곳 사투리를 나는 거의 알아듣지 못하겠다.
마첸호펜, 운터로트, 일러티센, 그리고 푀링엔.

11월 27일 수요일

　　푀링엔, 여관에서 숙박. 아침이 되자마자 발을 치료할 반창고와 소염용 알코올을 샀다. 밖에는 눈이 펑펑 쏟아지고 있다. 한참 동안 멍하니 눈송이를 바라보았다. 김나지움 학생들과 수녀들의 행렬을 보았다. 그들은 서로의 어깨와 엉덩이에 팔을 걸치고 아주 느긋하게 걸었는데, 그게 무슨 상관이냐, 요즘 수녀들은 현대적으로 생각하는 것을 과시라도 하는 듯했다. 유쾌하고 느긋하게 꾸민 듯한 그들의 모습은 끔찍해 보였다. 가식적인 행동에 불과했다. 수녀 한 명은 등이 깊이 파인 옷을 입고 있었는데, 양쪽 견갑골 사이에 새겨진 독수리 문신을 드러냈다. 그때 나는 뮌헨의 아멜리엔슈트라세에서 볼프강을 본 적이 있다. 뒷모습을 보고 곧바로 그임을 알아보았다. 그는 생각에 깊이 몰입하다가, 연설하듯 격렬한 몸짓으로 자신의 생각을 읊조렸다. 그리고 폐쇄된 집으로부터 나에게로 다가오는 혼잡한 눈송이

속에서 사라져 버렸다.

일러강의 다리를 건넌 후, 보이렌 방향으로 숲을 통과하는 도중에 갑자기 넓은 빈터가 나타났다. 사방에 우뚝 선 숲은 거대하고, 시커멓고, 죽은 듯 고요했다. 숲 깊은 곳에서 말똥가리 울음소리가 들려왔다. 옆에 있는 도랑에는 물이 가득 찼고, 긴 풀들이 그 속에 납작하게 누워 있었다. 물은 아주 맑아서 도랑이 얼어붙지 않은 것이 신기했다. 나는 장화 신은 발로 서리를 차서 물 위로 뿌려 보았다. 수면에는 얇은 얼음 층이 끼어 있었는데, 그것이 아쿠아리움의 유리벽처럼 투명하게 보였던 것이다. 이 같은 쓸쓸함은 지금까지 없었다. 숲에서 조금 더 가니, 노변 십자가 옆에 작은 예배당이 있었다. 계단 밑에는 얼음같이 차가운 물이 고여 웅덩이가 되었고, 그 바닥엔 더러운 떡갈나무 낙엽이 깔려 있었다. 주변엔 깊은 고요가 감돌았다.

아스팔트 도로 위에는 지렁이들이 결빙을 벗어나려고 꿈틀거렸다. 지렁이는 모두 아주 가늘고 길었다. 딱따구리가 나무를 쪼고 있었다. 나는 잠시 걸음을 멈추고 그 소리에 귀를 기울였다. 마음이 평온해지는 것 같았다. 조금 더 걸어가니, 아주 외딴 장소가 나왔다.

지금껏 가장 쓸쓸한 장소였는데 거기서 여우 한 마리를 보았다. 여우의 꼬리 끝은 흰색으로 물들어 있었다. 슈뷔플링엔, 비할핑엔, 나는 이제 지붕을 막은 버스 정류소에 앉아 있다. 바로 가까이 있는 초등학교가 쉬는 시간이다. 한 아이가 다가오더니 인사를 하고 쪼르르 달아나 버렸다. 목사는 지나가면서 나에게 뭐라고 한마디 했다. 학교는 아이들을 삼켜 버렸다. 참새들은 녹아서 지붕으로부터 물방울 져 떨어진다. 언덕의 오르막에 서 있는 앙상한 나무에는 사과가 얼어붙은 채 아직도 달려 있다.

라우프하임, 기차역의 식당. 『쥐트도이체』신문을 샀다. 지금 세상에서 어떤 일이 벌어지고 있는지 전혀 감도 못 잡겠다. 그 증거로 오늘이 수요일이라는 사실도 수수께끼 풀 듯 겨우 알아냈다. 운터줄멘팅, 그리고 숲을 지나간다. 눈에 젖은 바닥에 녹색 클로버가 깔려 있는 조용한 숲이다. 용변을 볼 때 토끼가 손을 뻗어 잡을 만한 가까운 거리에서 내 옆을 지나갔다. 토끼는 나를 보지 못한 듯했다. 걸을 때마다 사타구니 아래쪽에 통증이 느껴진다. 왼쪽 대퇴부에 소염용 알코올을 발랐다. 왜 이렇게 걷는 게 고통스럽지? 아무도 나에게 좋은 말을 해 주지 않으니 혼잣말로 스스로를 격려해 본다. 복키그호펜-존트하임-폴커스하임. 존트하임에서는 경찰관이 나를 보고 기묘한 표정을 짓더니, 신상을 조사했다. 숙박은 어려워진다. 이 지역은 좋지 않다. 공장, 하수 냄새, 가축 사료 그리고 소의 분뇨.

11월 28일 목요일

　　폴커스하임을 지나 어느 헛간에서 밤을 보냈다. 널찍한 지역에 그 건물밖에 없었다. 겨우 네 시 반이었음에도 나는 여정을 멈췄다. 무시무시한 밤이었다. 폭풍은 길길이 날뛰어, 꽤 단단히 지어진 헛간 전체가 마구 흔들렸다. 비와 눈보라가 지붕 용마루에서 안으로 들이쳐서, 나는 짚단 속에 숨어 몸을 웅크렸다. 그러곤 갑자기 발밑에서 자고 있던 동물과 함께 잠에서 깨어났다. 내가 몸을 움직이자 그것은 나보다 더 놀란 듯했다. 아마도 고양이였던 것 같다. 폭풍은 더욱 난폭해져, 예전에 그런 폭풍을 경험해 본 적이 있었는지 기억조차 할 수 없을 정도였다.

　　검은 아침. 음산한 가운데, 거대한 재앙과 엄청난 돌림병이 휩쓸고 지나간 것처럼 우울하고 추운 아침이 들판을 뒤덮었다. 헛간 외벽에 강풍이 들이친 쪽에는 눈이 가득 쌓였고, 시커먼 밭에는 눈으로 인해 하얀 선이 생겼다. 폭풍이 얼마나 거셌는지, 눈이 밭고랑 속에 내려앉을 새도 없었다. 두꺼운 구름이 몰려간다. 높이가 100미터 정도 될까 싶은 얕은 언덕들은 하얗게 눈으로 덮였다. 자고새들은 날아오르지만 땅에서 멀지 않다. 이토록 황량한 광경은 처음 본다. 눈은 도로 표지판에 몰아쳤고, 눈 덮인 표면은 이제 약간 아래로 미끄러져 내린 채 걸려 있다. 로텐아커 부근에서 나는 도나우강에 도착했다. 굉장히 특이한 모양의 다리에서 나는 한참 동안 강물을 내려다보았다. 회색 얼룩이 있는 백조 한 마리가 강물을 거슬러 가려고 애쓰고 있었다. 하지만 백조가 강물보다 더 빨리 헤엄칠 수는 없었기 때문에 새는 그 자리에서 더 나아가지 못했다. 백조의 뒤쪽에는 제분소의 격자 수문이 있었고, 물은 백조 앞에서 아주 급격히 수문의 모서리로 빨려 들어갔다. 새가 움직일 수 있는 여지는 아주 작았다. 얼마간 거칠게 허우적거리며 제자리에서 휘돌다가 백조는 다시 강기슭으로 올라올 수밖에 없었다. 공사장 트럭들, 트랙터 바퀴가 남긴 더러운 자국, 폭풍, 그리고 낮게 걸린 구름. 갑자기 초등학교 학생들이 내 주위에 몰려들었다. 수업이 끝난 것이다. 마을 끝자락에서 아이들은 호기심 어린 눈빛으로 나를 주시했고, 나 역시 아이들을 유심히 쳐다보았다.

문데르킹엔. 다시 사타구니 쪽 왼쪽 허벅지에 아픔이 느껴지기 시작했다. 짜증이 난다. 그것만 아니면 아무런 문제가 없었을 텐데. 이곳에 마침 대목장과 가죽 시장이 섰다. 여기저기 고무장화를 신은 농부들이 보이고, 돼지를 운송하는 차량과 소들이 바글거렸다. 모자를 하나 샀다. 얼굴과 목까지 뒤집어쓰는 바람막이용 모자였는데, 크기가 좀 작고 모양도 아주 흉했다. 긴 내복 바지도 한 장 샀다. 마을에서 조금 떨어진 곳에는 작은 교회가 길 한쪽에 있고, 바로 옆에는 거주용 트레일러가 있다. 트레일러에서 나온 한 노인이 가지가 전부 잘린 앙상한 장미 덤불 위로 한참 동안 몸을 구부리고 있었다. 나는 교회의 한 모퉁이에서 옷을 벗었다. 그때 바람이 불어와, 나뭇잎 하나가 내 머리 주위를 맴돌며 떨어졌다. 멀리서 천둥 같은 대포 소리와 제트 전투기 소리가 들렸다고, 어머니는 전쟁이 터졌을 때를 그렇게 설명하셨다. 몇 킬로미터 밖에서 제트 전투기가 낮게 날며 산울타리를 공격했다. 모든 포신을 열고 산울타리를 향해 발사했다. 산울타리는 다름 아니라 위장한 탱크들이었다. 제트 전투기가 온갖 각도에서 공격하는 동안, 탱크들은 빠르게 흔들거리며 맹렬한 속도로 포를 쏘았다.

보기 흉한 도로를 지나 츠비팔텐에 닿았다. 여기서부터 슈베비셰 알프 지역이 시작된다. 멀리 보이는 모든 산에는 눈이 가득 쌓였다. 한 농부 여인이 나에게 폭풍설에 대해 설명해 주었는데, 나는 아무런 대꾸도 하지 않았다. 가이징엔. 황폐해진 마을마다 사람들은 지친 기색을 띠었다. 더 이상 아무런 기대도 없는 것 같았다. 눈 속의 고요. 눈에 묻혀 있던 시커먼 밭이 다시 드러나기 시작한다. 겐킹엔 마을에서 집들의 문은 수년 전부터 바람 때문에 거칠게 닫힌다. 김이 피어오르는 거름 더미 위에 앉은 참새들을 보았다. 눈 녹은 물이 배수구로 흘러 들어간다. 나의 두 다리는 계속 걷고 있다.

가이징엔을 지나니 눈이 쏟아지기 시작한다. 쉬지 않고 빠른 속도로 걸었다. 속살까지 완전히 젖은 상태인지라 걸음을 멈추면 금세 얼어 버릴 것 같아서다. 어쨌든 그렇게 김을 뿜으며 걸었다. 젖은 눈이 정면으로 거세게 몰아쳤고, 때로는 옆에서도 닥쳐서 비스듬히 몸을 버티면서 걸어야 했다. 전나무가 바람을 맞아 한쪽만 눈으로 덮이듯 나도 이내 같은 꼴이 되었다. 아, 모자가 얼마나 고마운지. 누렇게 변색된 낡은 사진에는 마지막 남은 나바호족* 사람들이 말 위에서 몸을 웅크린 채 모포를 펄럭거리며 달린다. 그들은 폭풍설을 뚫고 몰락을 향해 달리고 있었다. 그 모습은 머릿속을 떠나지 않고 나의 저항 의지를 북돋아 주었다.

도로는 순식간에 눈발로 뒤덮인다. 폭풍설 속에 트럭 한 대가 진창이 된 밭에 멈추어 서 있다. 라이트를 전부 켜고 있으나 앞으로 나아가지 못한다. 농부는 더 이상 어찌할 바를 모르겠다는 듯 모든 걸 포기한 채 트럭 옆에 서 있을 뿐이다. 농부와 나, 유령 같은 두 사람은 서로 인사조차 건네지 않는다. 아, 정말 힘든 길이다. 바람은 따가운 눈발과 함께 직격으로 내 얼굴을 때린다. 거의 수평으로 불고 있다. 바람은 모든 것을 날려서 위로 올리지만, 아래로도 떨어트리면서 고통을 준다. 나는 스키 선수다. 폭풍에 몸을 맡기고 상체를 앞으로 구부린 채 저 멀리 날아간다. 관중은 나를 둘러싼 숲이다. 숲은 지금 하얀 소금 기둥으로 굳어 버렸고, 입을 크게 벌리고

---

*   북아메리카 남서부 지역에 거주해 온 원주민 인디언 부족

있다. 나는 날고 또 날고, 멈추지 않는다. 와, 관중은 함성을 지른다. 어째서 저 선수는 멈추지 않는 것일까. 나는 어떻게 하면 더 멀리 날 수 있을지 고민한다. 나중에 그들은 내 다리가 망가져서 뻣뻣해졌으며, 착지할 때 결국 석회처럼 으스러진다는 사실을 알 것이다. 아무것도 발각되지 않으려면, 계속 날아가는 수밖에 없다. 그리고 트랙터를 타고 가는 난쟁이처럼 자그마한 체구의 포도 재배 농부를 보았고, 내 어린 녀석은 내 가슴에 귀를 대고 심장이 아직 뛰고 있는지 확인했다. 아이는 내가 준 시계가 잘 가고 있다며, 시계가 똑딱거린다고 말한다. 나는 언제나 프레쥐스 부근의 붕괴된 댐** 사진이 있는 엽서를 갖고 싶어 했다. 풍경이 멋졌기 때문이다. 그리고 빈에서 도나우강의 다리가 새벽에 무너졌을 때, 다리를 막 건너려던 목격자는, 노인이 잠자리에 드는 모습처럼 다리가 느릿느릿 눕더니 평평해졌다고 말했다. 주위는 모두 옥수수 밭이다. 생각은 더 깊어진다.

　　　오른쪽 발목의 상태가 아주 나빠졌다. 더 부

** 　　　프랑스 남동쪽 연안 도시인 프레쥐스에 있는 말파셋댐으로, 1959년 12월 집중호우로 인해 붕괴됐다.

풀어 오르면 어찌 할지 모르겠다. 나는 감머르팅엔으로 내려가는 지름길을 택하여 곡선 코스를 걷는다. 매우 가파른 길이라서 통증이 심해진다. 몸을 급하게 돌릴 때, 왼편 연골이 무엇인지 갑자기 알아차렸다. 지금까지는 이론으로만 알던 것이었다. 나는 드라마틱하게 속속들이 젖은 상태가 되어 여관에 들어가기 전에 한참을 머뭇거렸다. 하지만 내 처지가 하도 처참해서, 결국 지독한 두려움을 이겨내야 했다. 하일레 셀라시에*는 처형당했다. 그의 시신은 처형당한 그레이하운드와 처형당한 돼지와 처형당한 닭과 함께 불살라졌다. 뒤섞인 유골은 어느 영국 백작령의 들판에 뿌려졌다. 그것이 얼마나 위안이 될 수 있을지.

---

*   하일레 셀라시에Haile Selassie, 1891~1975, 에티오피아 제국의 마지막 황제. 폐위 후 급사하였는데 암살당했다는 설도 있다.

11월 29일 금요일

　　　잠을 편히 자지 못했기 때문에 아침엔 조금 서글픈 기분이다. 우체국에서 전화를 받았다. 통행량이 많아서 보기 싫은 도로는 구릉지를 넘어 노이프라로 향한다. 지역을 직접 통과하는 것은 거의 불가능하다. 언덕 위 비츠에서는 무시무시한 폭풍이 불었고 온 세상이 눈으로 덮였다. 비츠를 지나서 숲으로 올라가니 광란의 눈보라가 몰아쳤다. 숲속에서조차 위에서 내리는 눈송이들이 회오리바람처럼 소용돌이쳤다. 숲을 벗어나 열린 벌판으로 나아갈 엄두가 나질 않는다. 눈보라는 수평으로 휘몰아치고 있다. 아직 12월도 되지 않았는데. 수년 동안 이 지역에 이와 비슷한 악천후는 없었다. 가까운 도로에서 화물차 기사가 나를 차에 태워 주었다. 화물차는 걸음 걷는 속도로 아주 조심스럽게 앞으로 나아간다. 우리는 눈 속에 박힌 차 한 대를 급히 끄집어낸다. 트루델핑엔에 와서 나는 계속 갈 수 없다는 사실을 깨닫는다. 상상을 초월하는 엄청난 눈보라다. 타일핑엔에서 다시 여관에 들었다. 옷가지를 널어놓았다. 하루 종일 가만히 있기. 움직이지도 않고 생각도 하지 않기. 나는 꼼짝하지 않는다. 이 도시는 끔찍하다. 많은 공장들, 침울한 터키인들, 공중전화 부스는 딱 하나. 그리고 강렬하게 밀려오는 고독감. 작은 녀석은 지금쯤 잠자리에 들었겠지. 이불 가장자리를 꽉 쥐고 있겠지. 오늘 뮌헨의 레오폴트 극장에서 내 영화가 상영된다는 소식을 들었다. 나는 정의를 믿지 않는다.

11월 30일 토요일

아직 타일핑엔이다. 그 일은 차들이 주차 중인 터널에서 시작되었다. 경찰은 교통 위반 딱지를 끊고 있었다. 우리 차는 떠들썩거리며 지나면서 온당치 않은 행동을 했다. 집에 돌아와서 나는 먼저 어질러진 차 안을 좀 정리하려 했는데, 이미 도중에 모든 것을 내던져 버린 상태였다. 그중엔 무엇보다 오래된 서류 잡동사니가 있었다. 문득 폐기물 속에서 경찰 잡지 두 권을 발견했는데, 이전엔 본 적 없는 아주 멋진 화보가 수록돼 있었다. 숨 막힐 정도로 아름다운 나라의 풍광을 담은 사진들이었다. 그런데 어떻게 그런 사진이 경찰 잡지에 실려 있을까? 나는 그 나라에서 아주 멋진 길을 걸었었다. 거대한 나무들이 멋지게 늘어선 길이었다. 나무 꼭대기에는 멋있는 집이 있었는데, 지붕이 납작한 궁전이었다. 단순히 나무껍질과 대나무를 엮어서 지었지만 상상할 수 없을 정도로 훌륭했다. 앵무새가 꽥꽥거리자,

여인들과 아이들이 따라서 소리를 질렀다. 위에서 누군가 먹고 있는 견과류의 껍질이 아래로 떨어졌다. 나는 순간 그것이 캄보디아의 정치가 론 놀*의 궁전임을 알게 되었다. 그는 뇌졸중으로 몸이 마비되었는데 어떻게 이 모든 게 가능할까 하는 생각에 마음이 불편했다. 그리고 거기엔 리히트호펜 가문의 주거용 자동차가 주차되어 있었는데, 리히트호펜의 남편은 D. H. 로렌스**였다. 운전석에는 아이들이 있었다. 여자아이는 열한 살, 남자아이는 열 살. 뒷좌석에 부모는 잠이 들었다. 아이들은 일어나서 오줌을 누러 간다. 그때 군용 차량이 소리 없이 다가온다. 아무도 보아선 안 되는 이상한 행렬을 이끌고 온다. 아이들은 덤불의 그늘 속에 있어서 발각되지 않는다. 그것은 들것에 실려 이송되는 부상자들의 행렬이다. 그들은 형체를 알아볼 수 없을 정도로 끔찍하게 일그러졌기 때문에 주민들에게 보여선 안 된다.

---

* 론 놀Lon Nol, 1913~1985, 캄보디아의 군인, 대통령으로 1972년부터 1975년까지 재임했다.
** D. H. 로렌스David Herbert Lawrence, 1885~1930, 영국의 소설가이자 비평가. 로렌스는 1914년 독일인 프리다 폰 리히트호펜 Frieda von Richthofen, 1879~1956과 결혼했다.

함께 있던 간호사들은 주사액이 든 주머니를 높이 쳐들고 있다. 부상자들은 하나의 사슬처럼 서로 연결되어 있다. 수액이 한 사람의 몸을 지나 다음 몸으로 흐르고, 계속 그렇게 이어진다. 행렬 한가운데 있던 사람이 이송 도중 죽었는데, 캄보디아인 간호사는 잠이 드는 바람에 이 사실을 놓쳤다. 그 사실이 발견되자 그녀는 꾸지람을 듣는다. 수액이 시체를 통과하여 다음 부상자에게 흘러가지 못했기 때문이다. 시체의 다음 열에 있는 사람들은 모두 메말라 가고 있었다. 그리고 복엽 비행기가 날아왔다. 아주 낡은 모델이었는데 얼마나 꼼꼼하게 비행을 하는지 날개 끝으로 바닥에 떨어진 수건을 들어 올릴 정도였다. 전에 나는 파로키와 함께 네이팜탄을 제조한 적이 있다. 쓰레기 집하장 근처 들판에서 시험을 했다. 우리에겐 네이팜탄의 공포를 입증하는 일이 시급했다. 우리는 체포되었지만, 혐의를 부인했다. 까마귀 울음소리가 들렸다. 나는 벌떡 일어나 창문을 거세게 열었다. 아직 어둑어둑한데 까마귀 떼가 도시의 하늘을 날고 있었다. 온 세상은 눈으로 하얗게 뒤덮였다. 아침은 꿈이 아니라 완전한 암흑 속에서 나온다. 백화점이 문을 열기 전에 한 상인이 먼저 작은 수레 위에

혼들이 목마를 싣고 밖으로 나온다. 그리고 케이블로 그것을 전력망에 연결한다. 여기저기서 상점 주인들이 삽으로 인도에 쌓인 눈을 치운다.

페핑엔을 지나서 깊게 쌓인 눈. 숲의 아래쪽으로 내가 길을 걷는 속도로 물이 흘러내려 온다. 아주 얕게, 이상하게 고동치듯 물결이 인다. 사람들이 도로에 소금을 뿌렸기 때문이다. 도로를 이탈한 자동차가 작은 경사면 아래로 미끄러지다가 사과나무에 걸렸다. 청년들과 몇 농부는 그 차를 다시 도로 위로 끌어올릴 수 있을 거라고 생각했지만 인력이 충분하지 않았다. 우리는 그저 상징적 의미에서 조금 끌어당겨 보았다.

칠하우젠 대신 베르크펠덴을 넘어가기로 결정. 눈이 내리는데, 눈송이가 제법 굵다. 하지만 바람은 불지 않아서 좋다. 부르크펠덴까지 오르막길을 오를수록 동화 같은 광경이 펼쳐진다. 거대한 너도밤나무들은 서로 엮여서 지붕처럼 되었다. 온 세상이 눈에 덮이고 아주 황량하다. 두 명의 농부 노인이 나에게 사이다를 주었다. 한 마리 있는 암소가 젖을 별로 내지 않았기 때문이다. 보행자 도로를 따라 샬크스부르크를 넘어가기로 결정했다. 얼마나 멋진 길인지! 처음엔 무릎까지 쌓인 눈을 헤치며 들판을 지나야 했다. 길이 어딘지 알 수도 없었다. 그러고는 길이 점점 좁아졌고, 아주 좁은 산마루에 이르러서야 길을 확인할 수 있었다. 야생동물 발자국과 나무와 덤불은 완전히 비현실적인 모습이었다. 가느다란 가장 작은 가지에까지 솜털 같은 눈이 감싸고 있다. 안개가 걷히면서 회색과 검은색이 나타나고, 저 깊은 아래쪽에 마을이 보인다. 그래서 프롬메른 방향으로 숲을 지나서 가파른 길을 내려갔다. 아래는 더 축축했고 눈은 완전히 그쳤다. 차갑게 젖은 보기 흉한 풀밭이 나타난다. 발링엔, 프롬메른, 언덕을 넘어가는 길은 모든 게 추해서 언급할 만한 게 없다. 로스방엔, 버스 정류장에서 휴식. 우유 주전자를 들고 지나가던 아이는 내가 자신의 눈길을 견디지 못하리라 확신하며 나를 빤히 살펴본다.

그리고 또 눈, 진눈깨비, 눈, 진눈깨비……. 천지창조를 저주한다. 그게 무슨 소용이란 말인가? 나는 흠뻑 젖은 채 사람들을 피하여 진창 같은 풀밭을 가로질러 걸어갔다. 사람들의 얼굴을 보지 않기 위해서다. 마을로 들어설 때마다 창피해 죽을 것 같다. 아이들을 마주치면, 나는 이 지역 사람인 것 같은 표정을 짓는다.

벌목이 끝난 숲속 빈터에 인부들의 숙소용 차량이 있어서, 안으로 들어가 본다. 맥주는 없고, 난장판이다. 플라스틱 헬멧, 보호용 고글, 부식제 용액이 든 통……. 숨막히는 냄새 때문에 창을 열어 둔다. 어쨌든 여기는 잠을 자기에 너무 좁다.

　　　　타일핑엔-페핑엔-부르크펠덴-샬크스부르크-뒤르방엔-프롬메른-로스방엔-도테르스하우젠-도르메팅엔-다우트메르겐-테빙엔-괴스링엔즈-이르스팅엔-탈하우젠-헤렌침메른-뵈징엔. 나는 가끔 재킷의 호주머니를 밖으로 뒤집어서 젖은 헝겊을 짜듯 물을 짜낸다. 이르스팅엔의 어느 여관에서는 결혼식이 열렸다. 회색과 검은색 폭풍을 머금은 구름이 대지를 덮는다. 축축한 눈은 들판에 쌓여 있다. 어둠이 다가오고, 세상은 황량하다. 마을도, 사람도, 대피할 곳도 보이지 않는다. 헤렌침메른의 여관에는 '객실 있음' 표시가 붙어 있는데, 아래층 식당은 단골손님을 위한 테이블만 찼을 뿐 나머지는 비어 있다. 계산대 뒤에 있는 여드름투성이의 창백한 남자는 내 나이쯤 되어 보인다. 숙박이 되느냐고 내가 묻자 그제야 나를 머리끝부터 발끝까지 유심히 살핀다. 그는 아침에 면도를 하다가 얼굴을 벤 것 같았다. 얼굴에 여드름이 너무 심해서 나는 예의상 그의 얼굴을 보지 않고 손만 바라본다. 그는 먼저 물어야 할 것이 있다고 말한다. 문 너머에서 부정적인 판단을 시작하는 것이다. 그러고는 다시 홀 안으로 들어오면서, 모든 방이 비어 있음에도 방이 다 찼다고 말한다. 단골손님들은 침묵 속에서도 나 같은 사람에게 방을 주면 안 된다며 그의 편을 드는 것 같다. 양처럼 멍청한 표정에서는, 이 작자가 돈은 있는지 어떻게 알겠어, 라는 의구심이 확연히 드러난다. 나는 너무 심하게 젖은 상태라서 어떻게 대처할지 생각해 낼 수조차 없었다.

　　뵈징엔에서 어느 가정집에 들어갈 수 있었다. 두 여인, 할머니와 그녀의 딸은 나를 보자마자 바로 용기를 내 주었는데, 참으로 고마웠다. 나는 페퍼민트 차와 달걀프라이를 먹었고, 뜨거운 물로 목욕도 할 수 있었다. TV 일기예보는 내일은 차차 날이 좋아질 거라고 말한다. 부인은 가내 부업으로 핑크색 브래지어를 만들고 있다. 주방에 브래지어가 산처럼 쌓여 있다. 나는 옆에 앉아서 작업하는 모습을 지켜보고 싶지만, 그러기엔 너무 피곤하다.

　　길에서 바닥에 떨어진 종이 쪼가리를 주웠다.

포르노 잡지였는데 누군가 중간 4분의 1 정도를 뜯어내고 갈가리 찢어 버렸다. 나는 사진들이 전체로 어떤 모습이었을지, 찢겨 나간 부분을 떠올려 본다. 알몸인데 싸구려 장신구를 덕지덕지 걸치고 있는 여자들이 눈길을 끈다. 한 여자는 금발이고, 남자의 손톱은 거칠어 보인다. 그 밖에 성기가 일부만 보일 뿐이다.

12월 1일 일요일

이가 거의 다 빠진 고양이 한 마리가 창가에서 낑낑거린다. 밖은 구름이 자욱하고 비가 내리고 있다. 오늘은 첫 번째 강림절, 딱 사흘만 지나면 라인강 부근에 도착할 수 있을 것이다.

처음으로 해가 다시 조금 비쳤다. 잘된 일이다. 그러나 내 옆에는 나의 그림자가 숨어 있었다. 종종 그것은 내 앞에도 있었다. 왜냐면 서쪽을 향해 걸었기 때문이다. 정오에 그림자는 내 다리 주위로 웅크렸는데, 그건 이상한 불안감을 야기했다. 눈 더미가 자동차 위에 쌓여 얼마나 짓눌렀는지 자동차가 책처럼 평평해졌다. 많은 눈은 밤을 지나며 녹아 버려서, 땅에는 커다란 얼룩들이 생겼다. 멀리 언덕 위에는 눈이 이불처럼 덮여 있다. 대지는 널찍하게 탁 트였고, 여기저기 언덕들이, 그 사이에는 작은 숲이 보인다. 경작지는 다시 약간 갈색을 띠었다. 토끼와 꿩들. 꿩 한 마리가 정신 나간 것처럼 움직이더니, 춤을 추고 뱅뱅 돌면서 이상한 소리를 질렀다. 짝을 부르는 건 아닌 듯했다. 새는 눈이 멀었는지 나를 보지 못한다. 나는 맨손으로 새를 잡을 수 있을 것 같았지만 그렇게 하지 않았다. 초원의 언덕에서는 작은 시냇물 줄기들이 길 위로 흘러내렸다. 들길 가운데서 샘이 솟아오르고, 길 아래로 흘러내린 물은 시내가 되어 호수처럼 넓어졌다. 까마귀들이 무언가를 두고 다투더니 한 마리가 물속으로 빠진다. 젖은 초원 위에 누군가 잊고 가 버린 플라스틱 축구공. 나무줄기들은 생물체인 양 김을 내고 있다. 제도르프를 지나 벤치에 앉아 휴식을 취한다. 사타구니에 문제가 생겨서다. 밤에 이미 느낌이 와서 다리를 어떤 자세로 취해야 할지 난감했다. 숙박료는 12마르크였고, 식사 포함이었다. 벌목한 통나무의 표면은 빛을 받아 은색으로 반짝이며 김을 뿜고 있다. 방울새와 말똥가리. 말똥가리들은 뮌헨을 떠난 후로 계속 내 여행길의 동반자였다.

12월 2일 월요일

뵈징엔–제도르프–줄겐–슈람베르크–호엔슈람베르크–슈바르츠발트 기념관–호른베르크–군아흐.

슈람베르크에서는 모든 상황이 정연한 것 같았다. 식당의 거위 구이, 카드놀이를 하는 사람들. 게임에서 진 한 남자는 자리에서 일어나더니 흥분해서 테이블 사이를 돌아다녔다. 성곽에 올랐다. 아랫길로 가는 대신에 그곳에서 구릉지를 따라 라우터바흐탈까지 걷는다. 예고도 없이 슈바르츠발트*의 농가들이 나타나고, 갑작스럽게 다른 지방 사투리가 들렸다. 아마도 길을 택할 때 몇 차례 계속해서 잘못된 결정을 내렸던 것 같다. 나중에 보니 결국은 모든 길이 올바른 경로로 모이긴 했다. 문제는 착오를 인지했을 때 감히 되돌아갈 용기를 내지 못하고 방향을 고쳐서 다른 길을 택했는데

---

* '검은 숲'이라는 뜻으로 독일 남서부에 위치한 산악 지대다.

그게 또 잘못된 결정이 되었다는 점이다. 어쨌든 이제 는 원래 생각했던 경로를 따라가고 있다. 계획을 꼭 지 키란 법도 없고, 그렇게 크게 길은 이탈한 것도 아니니 까……. 숲이 열리면서 깊은 골짜기에 닿았다. 마지막 농가를 지나니 슈바르츠발트 기념관까지 가파른 경사 면에 축축한 눈이 높이 쌓여 있다. 산길을 넘어서 다시 도로로 내려왔다. 땔감을 모으고 있던 퉁퉁하고 가난한 중년 부인이 나에게 말을 건넨다. 자식들을 한 명씩 헤 아리면서 아이들이 언제 태어나고 언제 죽었는지 얘기 한다. 내가 계속해서 가려는 기색을 보이자 그녀는 세 배나 빠른 속도로 말하면서 아이들의 운명을 간추려 요 약하고는 세 아이가 죽는 대목으로 건너뛰었다. 그녀는 아이들의 죽음을 마음 깊이 간직하고 있으며 한시도 잊 지 않을 거라고 말했다. 사투리 때문에 그녀의 말을 따 라가기는 쉽지 않았다. 자식들에 대한 얘기를 전부 마 치고, 그녀 자신에 관해서는 매일 아침 땔감으로 쓸 나 무를 모으고 있다는 것 외에는 더 말하지 않았다. 나는 더 오래 그녀의 이야기를 듣고 싶었다.

내리막길을 절뚝거리며 내려오면서 절름거리 는 한 남자를 앞질러갔다. 호른베르크까지는 가파른 내리막길이 이어진다. 무릎과 아킬레스건에 통증을 느꼈다. 아킬레스건은 발꿈치 끝에서 상당히 부어서 주머니에 담긴 느낌이다. 어둠이 내렸다. 불 켜진 외양간의 문을 흔들었다. 두 명의 중년 부인이 가축의 젖을 짜던 중이었다. 그리고 열 살과 다섯 살짜리 여자아이 두 명이 더 있었다. 큰 아이는 무척 당황한 기색이 역력했는데, 나중에 알았지만, 처음에 나를 보고 강도로 확신했기 때문이었다고 한다. 하지만 소녀와는 이내 친해졌다. 나는 예전에 가 본 원시림에 대해서,* 뱀과 코끼리에 대해서 설명해 줬다. 소녀는 질문을 빙빙 돌리면서 내 이야기가 진짜인지 아닌지 떠보려 했다. 주방은 아주 옹색했고 집 안 환경은 답답했지만, 부인들은 깊게 생각하지도 않고 내게 여기서 밤을 지내라며 한쪽 구석에 자리를 마련해 주었다. 한 부인은 가수 프레디**의 팬이었는데 그의 근황을 들으며 놀라워했다. 노래를 아주 멋지게 부르는 프레디는 기타가 유일한 친구라고 했다.

---

*   대표작 「아귀레, 신의 분노」(1972)를 페루의 원시림에서 촬영
     했다.
**   오스트리아의 대중 가수인 프레디 퀸Freddy Quinn, 1931~이다.

집에는 작고 새카만 고양이가 살았는데, 뾰족한 꼬리 끝에 흰 얼룩이 있었다. 고양이는 벽에 붙은 파리를 잡으려 했다. 큰 아이는 집합론을 공부하고 있다. 나는 갖고 있던 칼을 소녀에게 건네주면서, 혹시라도 나를 강도로 의심할 수도 있으니 안심할 수 있도록 밤새 지니고 있으라 말했다.

프레히탈을 따라서 가파른 산길로 오르니 자동차는 거의 보이지 않았다. 안개로 뒤덮인 채 습기를 머금은 대기는 축축하다. 계속해서 높은 곳으로 올라간다. 갈색의 양치식물이 꺾여서 바닥에 붙어 있다. 키 큰 나무들과 김이 피어오르는 깊은 계곡. 구름과 안개가 스치고 지나간다. 눈이 녹은 물은 여기저기서 졸졸 흐르고, 가장 높은 데서 나는 구름 속을 걷고 있다. 바위마다 물방울이 뚝뚝 떨어진다. 나의 시선은 계속해서 속이 빈 형태에 이끌린다. 빈 상자라든가 내버려진 것에. 엘자흐에서 전화 통화. 되돌아가야 하나?

우물가에 앉아 아침 식사로 빵을 먹으면서 돌아가야 할지 말지 곰곰이 생각했다. 그때 어느 집에서 부인과 소녀가 커튼 뒤에서 나를 지켜보고 있었다. 앵무새 새장까지 가져와서 자신들의 모습을 가렸는데, 내가 고개를 돌려 그쪽을 빤히 쳐다보자 이내 사라졌다. 나는 돌아가지 않을 것이다, 계속 갈 것이다. 비더바흐탈, 가벼운 오르막의 예쁘장한 계곡 길, 풀밭과 벌목 후 남은 버드나무 그루터기들, 슈바르츠발트의 아름다운 집들, 오버프레히탈의 위쪽에는 초등학교 1학년 교과서에 나올 법한 아름다운 물레방아가 지금도 작동 중이다. 거의 새것으로 보이는 여성용 자전거가 시냇물에 던져진 것을 보면서 한참을 생각했다. 범죄가 일어났던 것일까? 싸움이 벌어졌던 것일까? 뭔가 시골에서 있을 법한, 후덥지근하고 극적인 사건이 있었을 거라고 추측해 본다. 붉은색으로 칠한 벤치가 반쯤 물에 젖어 있다. 어느 집 위에 있던 고양이 한 마리가 현관에 걸려 있는 각등 위로 뛰어내렸는데 이제 더 이상 뛸 기미를 보이지 않는다. 고양이가 아래로 뛰어내리기에 땅바닥이 너무 깊다. 바람이 불어 각등도 고양이도 살짝 흔들거린다. 신문을 보니 최근 펠트베르크 지역에는 시속 160킬로미터까지 강해진 허리케인급 폭풍이, 슈베비셰 알프 지역에는 최대 130킬로미터가 넘는 폭풍이 불었다고 한다. 바람은 이제 훨씬 온화해졌다. 짙은 안개에 덮인, 늦가을의 축축한 날씨. 여기저기서 물방울이 떨어진다.

구름은 자욱하고, 풀은 바닥에 들러붙었다. 사과나무들 아래서 돼지 여러 마리를 보았다. 바닥은 풀이 나지 않은 진흙이었다. 몸집 큰 어미 돼지들이 철퍽거리며 조심스럽게 진창에서 한 발을 들어서는 살그머니 내려놓는다. 그러고는 다시 배까지 잠겨 버린다. 나는 풀밭 위로 흐르는 실개천 물을 마신다. 비더바흐에서는 왼쪽으로, 그러니까 서쪽으로 방향을 틀었다. 나중에야 어떻게든 산을 넘어가게 되겠지. 오후 한 시 삼십 분.

어떤 남자에게 길을 묻자, 유쾌한 그 농부는 트랙터에 나를 태우고 높은 곳까지 어느 정도 데려다주겠다고 제안했다. 나는 계속해서 안개 자욱한 숲을 걸으며 휘너스에델 산꼭대기까지 올라간다. 거기서는 분명히 온 사방을 둘러볼 수 있을 거라 기대했는데, 정상에 올라 보니 연극 무대처럼 구름의 탑이 가득 쌓여 있다. 쓸쓸한 숲을 지나서 내려오는 길, 여기저기 가문비나무들이 길에 쓰러져 있고, 나뭇가지마다 물방울이 맺혀 있다. 구름에 싸인 지대를 벗어나서 더 내려오니 갑자기 풀밭이 열리고 계곡이 나타났다. 언덕길은 차츰 평평해져 간다. 그렇군, 따지고 보니 내가 슈바르츠발트 산지를 넘어온 것이다. 서쪽에서 음울한 구름이 몰려온다. 나 자신이 멋지게 느껴졌다. 그런데 갈증 때문에 입 안이 깔깔하다. 사방의 숲은 음산하게 적막하고 죽은 듯이 고요하며, 바람만 불어온다. 서쪽 하늘의 아래쪽은 주황빛이다. 우박과 뇌우가 몰려오기 직전처럼 날은 어두워지고, 먼 하늘 위쪽은 안개 짙은 시커먼 회색빛이다.

갑자기 아주 거대하고 시뻘건 채석장이 나타났다. 위에서 보니 넓게 파 놓은 구덩이가 있고, 구덩이 안에 맨 아래쪽에는 뻘건 물속에 굴삭기가 한 대 서 있는데, 오래 사용하지 않아서 녹이 슬었다. 굴삭기 옆에는 녹난 화물차가 서 있다. 사람 그림자 하나 없고 숨 막힐 정도의 적막만 감돈다. 그런데 이상하게도 넓은 구덩이 한가운데 석유를 태우는 불꽃이 타오르고 있다. 바람에 흔들거리는 불꽃은 마치 도깨비불 같았다. 아래쪽, 주황색의 평지에 비가 퍼붓는 것이 보이고, 하늘에는 세계의 붕괴를 예고하는 빛이 작열하다가 희미하게 빛난다. 기차가 대지를 서둘러 통과하며 산들을 지나간다. 기차 바퀴들이 달아오른다. 차량 한 칸에 불이 붙었다. 기차는 멈추고, 사람들은 불을 끄려고 애써 보지만 불은 꺼지지 않는다. 사람들은 계속해서 달리기로, 그저 빠르게 달리기로 결정한다. 기차는 출발하고, 곧장 칠흑 같은 우주 속으로 달려 들어간다. 우주의 깊은 어둠 속에서 달아오른 바퀴들이 빛을 내고, 불타는 열차 칸이 이글거린다. 상상조차 할 수 없는 천체의 붕괴가 일어나고, 온 세상이 무너져 하나의 점으로 함몰된다. 빛은 더 이상 새어 나갈 수 없다. 여기서는 가장 깊은 암흑조차 빛처럼 보이고, 고요는 소동처럼 요란한 것이 된다. 우주는 그 무엇으로도 채워지지 않은, 휑하게 벌어진 새카만 공허일 뿐이다. 은하계에 있는 수많은 별은 공허의 별로 응축되었다. 어떤 행복감이 퍼져 나간다. 그 행복으로부터 이제 무의미가 자라난다. 그런 상황이다. 파리와 등에가 떼를 지어 내 머리를 맴도는데, 어찌나 앵앵거리는지 팔을 휘저어 쫓아야 한다. 그것들은 어디를 가든 피에 굶주린 것처럼 나를 쫓아온다. 그러니 어떻게 물건을 사겠는가? 슈퍼마켓에 가면 사람들은 내 머리 주위를 도는 날벌레 떼와 함께 나를 내쫓을 것이다. 저 아래 검은빛이 감도는 붉은 하늘에는 번개가 번쩍거리고, 그것은 하필 뮐렌프렌첼 씨에게 떨어졌다. 슈투름제프는 그의 유일한 친구였다. 뮐렌프렌첼은 수년간 농가의 다락방에서 판자 칸막이 안에 갇혀 지냈다. 그의 아내가 슈투름제프와 아래층에서 관계를 가졌기 때문이다. 그들은 뮐렌프렌첼을 판자 속에 집어넣고 못질했는데, 그는 저항하지 않았다. 그들이 수프를 갖다 주었기 때문이다.

고독은 좋은 것인가? 그래, 좋지. 극적인 광경만이 눈앞에 펼쳐질 뿐이다. 그사이, 구역질나도록 번성하는 것들이 바닷가에 다시 모여들고 있다.

12월 3일 화요일

밤을 지내는 일의 어려움. 어둠 속에서 어느 집 문을 뜯으려 시도하다가 나침반을 잃어버렸다. 벨트에서 떨어진 줄을 알지 못했던 것이다. 사하라*에서 아끼던 것이었기에 마음이 너무 아팠다. 저녁나절 산지에서 한 무리의 남자들과 숲가에서 마주쳤다. 그들은 내게 등을 돌린 채로 이상할 만치 꼼짝도 하지 않고 무언가를 기다리고 있었다. 근무 시간은 지났는데 숲속에선 아직 전기톱이 가동 중이었다. 가까이 다가갔을 때 나는 그들이 삼림 근로 지시를 받은 죄수들임을 깨달았다. 그들은 탈것을 기다리고 있었다. 위아래로 초록색 옷을 입은 감독관이 함께 있었다. 나중에 창살을 붙인 버스 몇 대가 나를 추월해 갔다.

---

*   헤어초크는 「파타 모르가나」(1971)를 사하라 사막에서 촬영했다.

라인강변에 앉았다. 운송선과 고요한 강물, 적막한 날씨. 사람은 거의 보이지 않는다. 포게젠산은 안개에 가려 보이지 않는다. 밤에는 뮌히바이어의 마을 한가운데 있는 곡물 창고에서 잤다. 창고의 맨 위에는 짚단이 있었는데 분명히 십 년쯤 전부터 거기 쌓여 있던 것 같았다. 먼지가 하도 많아 털어 낼 수도 없는 끔찍한 장소였다. 창고 앞에 위치한 집에는 아무도 없었는데, 나중에 누군가 창고 문을 열고 들어와서 내 밑에서 장작을 가져갔다. 귀를 쫑긋 세우고 들어보니 확실히 알 수 있었다. 장작을 가져간 이는 나이 든 남자, 아마 일흔 살이 넘은 남자이고, 그가 가져간 것이 장작이라는 사실을.

엄청 많은 까마귀 떼가 남쪽으로 날아간다. 차량에 실려 가는 가축들은 동요하며 바닥을 쿵쾅 밟아 댄다. 라인강이 내게는 나나이강**처럼 보인다. 나나이강을 상기시킬 만한 풍광은 아무것도 없지만 말이다. 나는 운송선이 저쪽 강기슭에서 이쪽으로 건너올 때까지 더 오랫동안 기다렸으면 했다. 강을 건너가려면 돈

** 페루의 강

을 내야 한다. 운송선에는 나와 함께 세 대, 네 대의 차량이 있다. 강물은 밝은 갈색이고 다른 배들은 보이지 않는다. 이 지역은 잠들어 있는 것이지 죽은 것은 아니다. M과의 통화, 근심 걱정. 델루,* 뎀보,** 윈트르베르와 클로드에 대해 많은 생각을 하게 된다. 아이스너의 새 전화번호를 전해 받았다. 나침반과 손전등용 배터리, 연고가 필요하다. 그 외엔 다 괜찮다. 날도 아주 따뜻하다. 부프츠하임에는 참새들과 어린이들. 갈증이 난다.

　　가게에서 우유를 샀다. 오늘 벌써 2리터째다. 꾀 많은 아이들은 셀프서비스 판매대에서 만화책을 집어서는 계산원이 감시용 거울로 볼 수 없는 구석 바닥에 앉아 서둘러 읽는다. 나는 우유를 벌컥벌컥 마신다. 암탉이 울고, 어디선가 문이 닫힌다. 나는 볕 드는 교회 앞 벤치에서 쉬어 간다.

　　평평한 땅, 들리는 건 닭 울음소리뿐. 닭들은 나를 둘러싸고 사방에서 소리친다. 갑자기 진지하게 내

---

*　　　피에르 앙리 델루Pierre-Henri Deleau, 1942~, 프랑스 영화배우이자 제작자
**　　　리샤르 뎀보Richard Dembo, 1948~2004, 프랑스 영화감독

가 이성을 잃은 것은 아닌지 자문해 본다. 왜냐하면 그렇게 시끄럽게 닭 울음소리가 들리건만 닭은 거의 보이지 않기 때문이다. 사방은 쥐 죽은 듯 조용하다, 닭의 울음소리뿐. 안개에 싸인 포게젠산의 산등성이가 뚜렷이 모습을 드러낸다. 평지에 위치한 두 군데 놀이공원의 대관람차, 유령 열차, 중세풍의 성은 모두 문을 닫아서 쓸쓸해 보인다. 영원히 그럴 것만 같다. 두 번째 놀이공원에는 동물원도 있었다. 연못에는 오리, 뒤쪽 축사에는 사슴이 있다. 누군가 트랙터로 건초를 실어 온다. 전쟁 기념비가 나의 휴식처가 되어 주었다. 농부 여인들이 긴 대화를 나누고 있다. 농부들은 죽을 만치 지쳤다. 가끔 지나가는 버스가 보이지만 타고 가는 사람은 없다. 그래, 계속 가야겠다.

    본펠트에서 유치원 아이들이 내 주위로 몰려왔다. 아이들은 나를 프랑스인으로 여겼다. 밤을 지낼 곳을 찾는 게 또 어려워진다. 바르를 향해 갈 때는 마지막 몇 킬로미터 구간을 어느 부인이 차로 태워 주었다. 그건 정말 다행스러운 일이어서 나는 가게 문이 닫히기 전에 나침반을 살 수 있었다. 다만 용액이 담겨 있는 나침반이라서 아직은 익숙하지 않다. 잎이 따 떨어지고 가지만 남은 숲에서 일꾼들이 가지를 쳐내면서 불을 피웠다. 그들은 수많은 가지들을 다발로 묶었다. 시내로 들어왔는데도 까마귀들은 여전히 내 머리 위를 맴돌며 깍깍거린다. 피곤하긴 했지만 다리가 힘들지 않은 것은 처음이다. 이따금 왼쪽 무릎에서만 아픔이 느껴진다. 오른쪽 아킬레스건은 더 이상 심각해 보이지 않는다. 장화 뒤쪽의 접히는 부분에 스펀지를 채워 넣고 장화를 신을 때 조심스럽게 끈을 맸기 때문이다. 오늘은 셔츠와 속옷을 반드시 세탁해야 한다. 옷에서 몸의 악취가 지독하게 나서, 사람들 사이에 있을 때는 재킷을 꽁꽁 여며야 했다. 수분은 꽤 많이 섭취했다. 오늘은 우유 2리터를 마시고, 1파운드의 귤을 먹었다. 그래도 얼마 지나지 않아 갈증이 몰려와서 침은 걸쭉하고 새하얗게 되고 말았다. 사람들과 가까워질 때는 혹시 입가에 거품이 생겼을까 싶어서 입을 문질렀다. 일 강에 침을 뱉었더니 그 침이 단단한 솜뭉치처럼 둥둥 떠서 흘러갔다. 때로 목마름이 심할 때는, 오직 갈증과 관련된 생각만 한다. 길모퉁이 뒤에 있는 농가에는 틀림없이 우물이 있을 텐데, 어째서 이 술집은 화요일에 문을 닫았을까, 열었다면 급히 들어가서 맥주나 콜라를 마셨을 텐데. 오늘 저녁에는 속에 입은 트리코트를 빨아야 한다. 이 옷은 축구 유니폼이다. 키커스 오펜바흐* 팀의 헤르만 누버**가 고별전에서 입었던 것이다. 오비강을 따라 걷고 있을 때 어디선가 '오비강이 좋지' 하는 말소리가 들렸다. 이곳 사람들의 재치는 천년 동안 계속된 거주에서 우러나는 듯하다. 나는 알자스 지방이 프랑스에 속한 것이 더 낫다고 느낀다.***

평지에 쌓인 쓰레기 더미가 도무지 머리에서 떠나지 않는다. 그것은 멀리에서 보였는데, 나는 죽음의 공포에 사로잡힌 사람처럼 점점 더 빨리 뛰었다. 내가 거기 도착하기 전에 자동차가 나를 앞지르는 것을 원하지 않았기 때문이다. 질주한 탓에 기침을 하면서 쓰레기 산에 도착했다. 그러고는 한참 숨을 고르며 진정해야 했다. 내가 도착한 지 몇 분 만에야 첫 번째 자동차가 나를 추월해 갔다. 쓰레기 산 옆 구덩이에는 더럽고

---

*   독일 헤센주의 도시 오펜바흐암마인의 축구 팀
**   헤르만 누버Hermann Nuber, 1953~1971, 키커스 오펜바흐 팀의 선수로 활약했다.
***   알자스는 역사적으로 독일과 프랑스가 여러 차례 번갈아 지배한 지역이다.

차가운 물이 고여 있고, 그 안에 사고 차량이 서 있었다. 문과 보닛, 트렁크는 활짝 열려 있었다. 물이 차창 높이까지 찼고, 엔진은 제거되었다. 쥐들이 많이 보였다. 우리는 이 세상에 얼마나 많은 쥐가 있는지 상상할 수도 없다. 아마 어마어마할 테다. 쥐들이 눌린 풀밭 속에서 나지막이 찍찍거린다. 걸어가는 사람만이 쥐를 볼 수 있다. 눈이 아직 쌓여 있는 들판에 쥐들이 풀과 눈 사이에 통로를 팠다. 눈이 사라지고 나니 뱀처럼 긴 자국이 남았다. 쥐와의 우정이 가능할 것 같기도 하다.

스토츠하임 앞 어느 마을에서 교회 계단에 앉아 쉬었다. 다리는 아주 피곤했고, 온갖 걱정이 마음을 헤집어 놓았다. 그때 바로 옆에 있는 학교의 창이 하나 열렸다. 한 아이가 안에서 지시에 따라 연 것이다. 거기서 젊은 여선생이 아이들과 악쓰는 소리가 들려왔다. 나는 이 무시무시한 괴성의 증인이 창문 아래 앉아 있다는 사실을 아무도 모르길 원했다. 한 발을 다른 발 앞으로 내딛기조차 힘들었지만 일어나서 자리를 떴다. 나는 불을 향해 걸어갔다. 불은 언제나 내 앞에 희미하게 빛나는 벽처럼 서 있었다. 그것은 냉기의 불이었다. 온기가 아니라 냉기를 가져오는 불, 물을 순식간에 얼음으로 만들어 버리는 그런 불이었다. 얼음을 만드는 불에 대한 생각은 빠른 속도로 얼음을 또 만들어 낸다. 시베리아는 바로 이렇게 하여 생겨났다. 북극광은 시베리아에 마지막으로 남은 불꽃이다. 이렇게 설명이 된다. 라디오에서 흘러나오는 어떤 시그널 음향이 그것을 확인해 준다. 특히 프로그램 사이의 시그널이 그렇다. 마찬가지로 TV가 끝날 때, 지지직거리며 화면에 흰 점들이 춤추는 것도 같은 뜻이다. 지금 명하노니, 모든 재떨이를 제자리에 두고 침착함을 유지하시오! 남자들은 사냥에 대해 대화를 나눈다. 종업원은 식사 도구에 남은 물기를 닦아 낸다. 접시에는 교회가 그려져 있다. 왼쪽에서 길은 오르막이 되고, 잘 차려입은 부인이 아주 평온하게 이동한다. 그녀 옆에는 내게 등을 돌린 한 소녀가 있다. 나는 이 두 사람과 함께 교회로 사라진다. 구석 테이블에서는 한 아이가 숙제를 하고, 이 지역에서 맥주는 종종 뮈치*라고 불린다. 술집 주인은 며칠 전에 엄지손가락을 썰었다.

---

* 알자스 지방 뮈치에서 생산되는 맥주 브랜드

12월 4일 수요일

티 하나 없이 맑고 서늘한 아침. 평원의 모든 것이 옅은 안개에 가렸지만 그곳에서 생명의 소리가 들려온다. 산들은 시야 가득히 뚜렷한 모습으로 내 앞에 서 있고, 산 위에는 약간의 운무, 그리고 그 사이로 낮달이 서늘한 모습으로 반쯤 드러난다. 해는 맞은편에 있다. 해와 달 사이를 똑바로 걸어가고 있으니 벅차오르는 느낌이다. 포도원, 참새들, 모든 게 신선하다. 지난밤은 상황이 상당히 좋지 않았다. 새벽 세 시부터 잠을 자지 못했다. 그 대신 아침에 장화를 신을 때는 눌리는 곳이 없었고 다리의 상태도 정상이었다. 공장에서 서늘한 연기가 고요히 수직으로 피어오른다. 까마귀 소리인가? 그렇군. 개 짖는 소리도 들려온다.

미텔베르크하임, 안들라우, 사방 가득히 더할 나위 없는 평화, 아지랑이, 그리고 일하는 사람들. 안들라우에서는 자그마하게 주말 장터가 열렸다. 지금껏 살면서 한 번도 본 적 없는 석조 분수는 나의 쉼터다. 이 지역은 포도 농사가 주산업으로, 지역이 꿋꿋하게 버틸 수 있는 원동력이 되어 왔다. 안들라우의 교회에서는 신부가 미사곡을 부르고, 그의 주위에 소년 성가대가 빼곡히 모여 있다. 그 밖에 나이 든 부인 몇 명이 예배에 참석했다. 교회 외벽에는 프리즈*를 따라서 로마네스크 양식의 기괴한 모양 조각이 새겨져 있다. 마을 외곽의 휴가 별장들은 겨울 동안 모두 폐쇄되어 빗장이 걸려 있다. 하지만 빗장을 여는 건 상당히 간단해 보인다. 물고기가 헤엄치던 몇 개의 연못은 완전히 메말랐다. 무성히 자란 풀이 연못을 덮어 덤불을 이루었다. 덤불은 시냇물을 따라서 올라간다.

완벽한 오전이다. 마음이 완전히 조화로운 가운데 나는 활기차게 산을 오른다. 스키 타는 것을 깊이 생각하다 보니 몸이 붕 뜬 것처럼 가벼워진다. 여기저기에 꿀과 벌집이 보이고, 계곡 전체에 빽빽이 늘어선 휴가 별장들은 문이 잠겨 있다. 나는 가장 멋진 집을 고르고, 지금 쳐들어가서 하루 종일 머물까 생각했다. 하

*　　　건축물 내부나 외부에 조각이나 그림으로 장식된 띠 모양의 면

지만 걷기에 아름다운 날씨였기에, 계속 걸었다. 이 여정을 시작한 뒤 처음으로 내가 걷고 있다는 사실을 잊었다. 깊은 상념에 잠겨서 교목림 지대까지 올라갔다. 공기는 완벽하게 맑고 신선했다. 더 높은 곳에는 아직 눈이 쌓여 있다. 귤을 먹으면서 얼마나 행복한지.

교차로. 여기서부터는 길의 표시 상태가 좋지 않다. 개발 지역 여기저기에 나무꾼들이 피워 놓은 모닥불이 푸른 연기를 낸다. 공기는 여전히 신선하고, 풀잎에는 아침 이슬방울이 맺혀 있다. 실제로 여기까지는 자동차가 오지 않고, 집들도 절반만이 사람이 거주하고 있다. 새카만 셰퍼드가 누런 눈으로 뚫어지게 나를 지켜보고 있었다. 등 뒤에서 나뭇잎 같은 것이 떨어지며 바스락거리는 소리가 났다. 사슬에 묶여 있긴 했지만 개였다. 하루 종일 가장 완벽한 고독이 감돈다. 맑은 바람이 한 줄기 불어와 나무 위쪽에서 살랑거리는 소리를 낸다. 시야는 멀리까지 펼쳐진다. 세상살이와는 아무 관련이 없는 듯한 계절이다. 거대한 익룡 같은 비행기들이 내 머리 위로 항적운을 남기며 소리도 내지 않고 서쪽을 향해 날아간다. 파리를 향해 가는 것이다. 내 생각도 그들과 함께 날아간다. 개들이 그렇게 많다는 사실을 차에서는 알 수 없을 거다. 모닥불 타는 냄새, 한숨을 쉬는 나무들. 껍질이 벗겨진 나무줄기에서 땀처럼 물이 흐르고, 나의 그림자는 다시 내 앞에 웅크리고 있다. 도망친 브루노*는 밤에 인적 없는 스키 리프트 승강장에 숨어든다. 때는 11월이어야 한다. 그는 리프트의 메인 레버를 올린다. 리프트는 밤새도록 무의미하게 가동되고 전 구간은 조명으로 환히 밝혀진다. 아침에 경찰이 브루노를 체포한다. 이야기는 이렇게 끝나야 할 것이다.

계속 위를 향해 오르다보니 설선까지 이르렀다. 설선은 해발 약 800미터 고지에서 시작된다. 계속해서 오르니, 구름의 경계까지 닿았다. 안개비가 내리고, 사방 황량한 지역에서 길이 끝난다. 어느 농가에서 길을 물으니, 농부는 일단 눈밭과 너도밤나무 숲을 통해 더 올라가야 한다고, 그러면 틀림없이 르 샹 뒤 퍼 도로를 만날 거라고 일러 준다. 눈이 반쯤 녹아서 앞서간 사람들의 발자국이 보이지 않더니, 어느 순간 자취는 완

---

* 　　　브루노 S.Bruno Schleinstein, 1932~2010, 헤어초크는 공장 노동자
　　　이며 거리 음악가였던 브루노를 카스파 하우저의 삶을 다룬
　　　영화 「하늘은 스스로 돕는 자를 돕지 않는다」(1974)에 캐스팅
　　　했다. 브루노는 이후 「스트로스첵」(1977)에 출연했다.

전히 사라져 버렸다. 숲은 안개에 젖어 있다. 나는 산등성이를 넘으면 불편해질 줄을 이미 알았다. 그 농가의 이름은 '송아지 오두막'이었다. 안개구름 속에 사방이 쥐 죽은 듯 고요하다. 여기가 어딘지 식별하는 것은 불가능하고 단지 방향만 알 수 있을 뿐이다. 분명히 정상을 넘은 것 같은데 도로는 아직 나오지 않는다. 나는 나무가 빽빽한 숲속에서 멈추었다. 우선 전나무에 몸을 기대고 쉬었다. 주변에는 짙은 안개가 자욱하다. 어디서 뭐가 잘못된 것일까, 상황을 파악해 본다. 어쨌든 서쪽을 향해 계속 가는 것 외에 달리 방법이 없다. 가방에서 지도를 꺼내다가, 숲속에 버려진 쓰레기들이 눈에 띄었다. 빈 엔진 오일 깡통과 잡동사니…… 차를 타고 가던 사람들이 내던져 버린 것이다. 그렇다면 도로는 분명 지금 내가 있는 곳에서 30미터쯤 떨어져 있을 테다. 하지만 안개가 끼어서 20미터 정도 앞만 보이는 것뿐이다. 몇 걸음만 더 가면 틀림없이 길이 나올 것이다.

도로로 나오니, 짙은 안개 속에 북쪽 방향으로 특이하게 생긴 원형 구조물이 갑자기 나타난다. 중앙에는 등대처럼 생긴 전망 탑이 있었다. 폭풍과 짙은 안개, 나는 바람막이 모자를 꺼내면서 큰 소리로 말한다. 아침이 그렇게 아름다웠는데 이 모든 상황을 믿을 수 없었기 때문이다. 이따금 도로 위에 흰색으로 세 줄을 표시해 놓은 것이 보인다. 좀 더 가니까 표시가 나오지 않는데, 아마도 그건 가장 가까운 길의 표시였던 것 같다. 중요한 문제. 도로의 북쪽을 따라갈 것인가, 남쪽을 따라갈 것인가? 둘 다 올바른 길이었다는 건 나중에 알게 된 사실이다. 왜냐면 두 갈래의 작은 도로 사이에서 서쪽으로 빠져나왔기 때문이다. 한 길은 벨레포스를 경유하여 푸다이에 이르고, 다른 길은 벨몽을 지나 아래로 내려간다. 가파른 경사면과 살을 에는 바람, 스키 리프트는 텅 비어 있다. 나는 눈앞에서 손을 볼 수 없다. 이건 속담이 아니다.* 정말로 손이 보이지 않는다. 독사의 자식들아 너희는 악하니 어떻게 선한 말을 할 수 있느냐? 내가 불을 땅에 던지러 왔노니 이 불이 이미 붙었으면 내가 무엇을 원하리요.** 그리고 너희에게 소금이 없

---

* 독일 속담에 '눈앞에서 손을 볼 수 없다'는 말은 캄캄한 어둠에서 아주 가까운 것조차 식별할 수 없는 상태를 가리킨다. 여기서는 안개가 그 정도로 자욱한 것을 뜻한다.
** 이 두 문장은 성경에서 인용한 것이다. 마태복음 12장 34절과 누가복음 12장 49절.

으면 내가 얼마나 두려운지 모른다……. 그사이 폭풍이 거세지고 안개는 더 짙어져서 길을 덮어 버린다. 유리로 된 여행자 카페에 세 사람이 구름과 구름 사이에 앉아 있다. 유리벽이 그들 주위를 둘러싸고 보호하고 있다. 종업원이 보이지 않아서 번뜩 죽은 자들이 앉아 있는 것 같다는 생각이 뇌리를 스쳤다. 그들은 틀림없이 몇 주 전부터 저렇게 앉아 있었을 것이다. 지금 시즌에는 카페가 운영하지 않는다는 것 또한 확실하다. 그들은 대체 얼마나 오랫동안 저렇게 굳은 채로 앉아 있었을까? 벨몽은 아주 보잘것없는 지역이다. 도로는 해발 1100미터 고지에 있었는데, 이제는 꼬불꼬불 산길이 되어 시냇물을 따라서 아래로 향한다. 다시 나무꾼들과 연기를 피우는 모닥불이 나타나고, 700미터 고지에 이르자 구름 지역은 단번에 끝이 났지만, 구름 아래로 우울한 보슬비가 떨어진다. 모든 것은 잿빛이고, 사람의 모습이 보이지 않아 황량하다. 나는 젖은 숲길을 따라 아래로 향한다. 발더스바흐에서는 어딘가 쳐들어갈 만한 곳을 찾을 수 없었다. 어두워지기 전에 푸다이에 도착하면 뭔가 구할 수 있을 거라는 생각에 속도를 냈다. 그러나 거기서도 가능성이 없었기 때문에 나는 마을 한

가운데, 사람 사는 집들 사이에 있고 사방이 굳게 잠겨 있는 커다란 여관을 침입하기로 결정했다. 그때 한 부인이 나타나서는 아무 말도 하지 않고 나를 바라보았다. 나는 계획을 내려놓았다.

마을 외곽에 있는 장거리 화물차 운전사를 위한 휴게소에 밥을 먹으러 갔다. 젊은 커플이 식당으로 들어오고, 서부 영화에서처럼 식당에 있던 몇 사람들에게는 이상하게 먹먹한 분위기가 감돈다. 옆 테이블에 앉은 남자는 적포도주를 놓고 잠이 들었다. 아니, 그는 자는 척만 할 뿐, 혹시 매복하고 있는 게 아닐까? 내가 보통 왼쪽 어깨에 메는, 엉덩이까지 내려오는 작은 더플백은 걸을 때마다 방한 재킷 아래 스웨터에 마찰을 일으켰고, 결국 스웨터에 주먹만 한 구멍이 났다. 하루 종일 내가 먹은 것이라곤 귤 몇 개, 초콜릿 약간이 전부다. 물은 시냇물에 짐승처럼 엎드려서 마셨다. 음식이 준비되어야 한다. 토끼 요리와 수프. 비행장에서 시장이 내리려고 하다가 헬리콥터에 의해 목이 잘렸다. 뒤가 밟힌 실내화를 신은 화물차 운전사는 의심스러운 눈빛으로 완전히 구부러진 골루아즈 담배를 꺼내서 접힌 걸 펴지도 않고 그냥 피운다. 내가 혼자 조용히 있었기 때문에 통통한 여자 종업원은 묵묵히 매복 중인 남자들 너머로 나에게 질문을 건넨다. 식당 구석에서 자란 필로덴드론의 기근氣根이 라디오의 스피커 박스 안으로 뻗었다. 거기엔 도자기로 만든 작은 인디언도 있다. 인디언은 오른팔을 높이 뻗어 태양을 향하고, 왼팔을 구부려서 높이 쳐든 팔을 받치고 있다. 멋진 입상이다. 스트라스부르에서는 헬비오 소토*와 호르헤 산히네스**의 2~3년 전 영화가 상영되고 있다, 늦었지만 아무튼. 계산대 옆 테이블에 앉은 남자의 이름은 카스파였다. 이름이었지만 마침내 말 한 마디를 들은 것이다!

    푸다이 남쪽에서 밤을 지낼 곳을 구했다. 날은 이미 칠흑 같이 어둡고, 축축하고, 추웠다. 더 걷기도 힘들 정도로 다리의 상태가 좋지 않았다. 어느 빈집으로 들어갔다. 바로 가까이에 사람 사는 집이 있었음에도 나는 다른 수를 생각하지 않고 그냥 창을 깼다. 노동자들이 사용하는 집 같았다. 밖에는 폭풍이 날뛰고, 완전히 녹초가 된 나는 지친 상태로 멍청하니, 모든 것을 다

---

*   헬비오 소토Helvio Soto, 1930~2001, 칠레 태생의 영화감독
**   호르헤 산히네스Jorge Sanjines, 1937~, 볼리비아 영화감독

분출해 낸 사람처럼 주방에 앉아 있다. 창에 나무 덧문이 있어서 빛이 밖으로 새나가지 않기 때문에 거기서는 불을 켤 수 있었다. 나는 아기 방에서 잘 것이다. 만일 이 집에 사는 사람이 있어서 돌아올 경우, 여기서는 잽싸게 달아날 수 있다. 물론 내일 아침에 노동자들이 온다는 사실은 확실하다. 이곳저곳 공간마다 바닥과 벽이 정리되어 있으며, 노동자들은 작업화, 도구, 작업 재킷 등을 밤새 여기에 놔두었기 때문이다. 나는 휴게소에서 산 와인을 마신다. 와인을 살 때는 그동안 하도 말을 하지 않아 목소리가 제대로 나오지 않았다. 말소리의 위치를 찾지 못하고 쉰 소리를 내는 바람에 창피했다. 재빨리 말을 멈추었다. 오, 집을 둘러싸고 울부짖는 바람, 아우성치는 나무들. 내일 아침 일찍 사람들이 오기 전에 밖으로 나가야 한다. 햇살을 신호로 때맞춰 일어나기 위해 나는 창의 나무 덧문을 밖에서 열어 두어야 한다. 사람들이 창이 깨진 걸 볼 수 있기 때문에 그것은 위험한 일이기도 했다. 이불에 떨어진 유리 파편을 털어냈다. 그 옆에는 유아용 작은 침대와 장난감, 그리고 요강이 있다. 모든 장면을 묘사하는 것은 무의미하다. 그런데 그들이, 우둔한 벽돌공들이 이 침대에서 잠든 나를 발견한다면 어떻게 될까? 밖에서 부는 바람은 숲을 뽑아 버릴 것처럼 거세다.

　　　　새벽 세 시에 일어나서 작은 베란다로 나갔다. 밖에는 폭풍이 불고 구름이 짙었다. 마치 인공으로 만들어 놓은 신비로운 무대 장치 같다. 갈비뼈 모양으로 형성된 지대의 저 뒤에는 아주 특이하고 창백한 푸다이의 빛이 어슴푸레 반짝이고 있다. 완벽하게 무의미한 느낌. 아이스너는 아직 살아 있을까?

12월 5일 목요일

아침 일찍 길을 나섰다. 노동자의 집에서 발견했던 자명종 시계가 배신자처럼 크게 울렸기 때문이다. 나는 다시 집으로 들어가 그 시계를 챙겨서 얼마쯤 더 간 후에 덤불숲에 던져 버렸다. 푸다이에 거의 다다랐을 때 아주 혐오스러운 소나기가 쏟아졌다. 싸락눈이 섞인 비였다. 잔뜩 낀 검은 구름을 보니 좋은 걸 기대하기는 글렀다. 아직 새벽 어둠에 싸인 나무 아래서 피신처를 찾았다. 발밑에는 도로가, 시내 저편에는 철로가 있다. 절망적이다. 조금 더 가니까 비로소 제대로 된 길이 나왔다. 도로 위쪽 전나무 숲 아래 웅크리고 앉았다. 우비를 뒤집어썼지만 도움이 되진 않았다. 화물차들이 부르릉거리며 지나갔지만, 그들은 나뭇가지 아래 웅크리고 있는 동물을 보지 못했다. 알록달록한 휘발유 자국 한 줄기가 언덕 위로 이어진다. 강한 빗줄기. 나는 마치 숲의 일부가 된 양 서 있다. 그러고 나서 나를 발견한

이는 오토바이를 탄 농부였다. 그는 잠깐 멈추고는 이상하다는 듯 나를 쳐다보았다. 내게 '무슈'라 불렀는데, 그게 전부였다. 거대한 전나무 숲을 바라보니, 나무들이 서로 얽혀서 폭풍에 흔들리고 부딪치는 모습이 마치 고속 촬영한 장면 같았다. 그러다가 현기증이 났다. 그런 풍경은 한 번 보는 것으로 족했다. 길 한가운데서 나는 갑자기 실신할 뻔했다. 오케스트라의 모습이 나타난다. 그런데 연주는 하지 않고, 구제할 길 없는 음악의 몰락에 대해 청중과 토론을 벌이고 있다. 거기엔 길쭉한 테이블이 있고, 음악가가 맨 앞에 앉아 있다. 멍청한 음악가가 손가락으로 머리카락을 쓰다듬는 모습이 아주 특이하고 열정적이어서, 나는 웃지 않을 수 없었다. 웃느라 몸에 통증을 느낄 정도였다. 갑자기 눈앞에 나타난 무지개. 그것은 엄청난 기대를 안겨 준다. 걸어가는 사람 앞에, 머리 위에 나타난, 놀라운 표지! 누구라도 걸어야 한다.

랍티트-라옹에는 게슈타포에 의해 강제 추방된 196명을 위한 기념 명판이 있다. 그 수는 최소한 마을 인구의 절반이 되는 숫자임에 틀림없다. 한참 동안 명판을 꼼꼼히 살피느라, 젊은 부인이 아주 가까운 계단에서 나를 살피고 있다는 사실을 깨닫지 못했다. 시장의 집무실이 문을 열었다면 나는 거기로 들어가 이곳에서 무슨 일이 벌어졌는지 묻고 싶었다.

세논에는 이 작은 마을에 믿기 어려울 정도로 큰 교회가 있다. 건너편 카페에서 사람들의 소리가 들려왔다. 카페에 가서 커피와 샌드위치를 주문했다. 내 주변에는 마을의 젊은 게으름뱅이들이 빈둥거리고 있다. 한 녀석이 서투르게 당구를 치는데, 혼자 치면서도 잔꾀를 부린다. 나와 같은 테이블에 앉은 알제리인은 당황하여 주문할 엄두를 내지 못하고 있다. 메뉴판을 읽을 수 없기 때문이다. 카페 앞에는 새로 출시된 시트로엥 승용차가 서 있는데, 지붕에는 거대한 건초 더미가 묶여 있다.

라옹-레타페에서 나는 계속 갈 것인가 말 것인가를 한참 고민했다. 그다음 웬만한 규모의 지역까지는 족히 20킬로미터를 더 가야 하는데, 그건 상당히 먼 거리이기 때문이다. 외관이 예쁘장한 작은 호텔이 이 물음에 답을 주었다. 나는 제대로 씻어야만 한다. 우체국에 들러 뮌헨에 전화를 걸었다. 이번에는 더 나은 소식들을 들었다. 이곳에 오기까지의 구간에서는 거대한 화물

트럭들이 줄줄이 달리는 탓에 불안했다. 지역의 입구가 철도 선로와 제지 공장 옆에 있어서 처음엔 별로 마음에 들지 않았지만, 마을의 중심부에 들어오면서는 압박감이 점점 줄어들었다. 네 명의 청소년이 바에서 아주 거칠게 테이블 축구 게임을 하고 있다. 이전까지 그런 모습을 본 적 없다. 이곳 사람들은 목소리가 크지만, 그 소리는 기분 좋게 들린다. 마르체*는 말한다, 폭풍이 몰아치고 우박이 쏟아진다 해도, 오늘 사과 구이 요리를 할 것이라고. 내 신발은 이미 뒤축이 다 떨어져 나갔다. 그럼에도 발바닥의 느낌은 견고하다. 더플백에 쏠려서 스웨터에 생긴 구멍은 계속 커지고 있다. 오늘은, 특히 세논으로 오는 길에 기분이 아주 침울했다. 나 자신과, 그리고 상상의 사람들과 긴 대화를 나누었다. 언덕 위에는 여전히 낮고 무거운 구름이 걸려 있다. 언덕은 차츰 낮아져 가는데, 그건 당연한 일이겠지. 오른쪽 아킬레스건에 신경이 쓰인다. 계속 부풀어서 두 배 크기가 되었다. 그렇

---

*   마르체 그로만Martje Grohmann, 영화배우, 헤어초크의 영화 「노스페라투」(1979), 「아귀레, 신의 분노」(1972) 등에 출연했다. 1967년 헤어초크와 결혼했고 1985년 이혼했다.

지만 긴급 상황이라 할 정도로 아프지는 않다. 이곳의 한 소년은 넓은 낙하산병 허리띠를 벨트로 맸는데, 거친 남자로 보이고 싶은 듯했다. 소년은 지나칠 정도로 느긋하게 이빨 사이에 성냥을 끼운 채, 세 명의 겁먹은 미성년 소녀들 곁에 가서 앉는다. 그중 한 명은 손톱에 강렬하게 밝은 파란색 매니큐어를 칠했다. 여기서 본 한 부인은 이가 모두 금니였다. 내가 앉아 있는 테이블 옆에서 누군가 담배를 피웠을 거라고, 재떨이를 보면서 생각했다. 나는 몇 마디 프랑스어 문장을 준비한다. 내일, 비가 내리지 않으면 아마도 60킬로미터는 족히 걸을 수 있겠지.

12월 6일 금요일

식당에는 아직 의자들이 테이블 위에 올려져 있었지만, 친절하게도 종업원은 내가 아침을 먹을 수 있게 해 주었다. 텅 빈 식당에는 나를 제외하고 앞쪽에 청소부 두 명이 있었고, 종업원은 아침 식사 중이었다. 우리는 둘 다 똑같은 방향으로, 바깥 도로를 바라보고 있었다. 나는 그녀가 앉아 있는 쪽 너머를 보고 싶었지만 우리 둘 다 감히 서로를 향해 시선을 두지 못했다. 알 수는 없지만 부득이한 강력한 이유에서 그것은 허락되지 않았다. 확신하건대 그녀도 똑같은 불가피한 압박감을 느끼고 있었던 것 같다. 그녀는 꼼짝 않고 똑바로 앞만 바라보았다. 어떤 강박감이 우리 두 사람을 억압했다.

나는 밖으로 나가 길모퉁이에 있는 간이 매점에 줄을 섰다. 앞에 매점이 보인다. 영화를 찍기 위해 필요한 필름을 구입하려고 기다린 거였다. 때는 토요일 오후 다섯 시 무렵, 가게가 문을 닫기 직전이었다. 일요일에는 전체 영화를 찍을 생각이었다. 매점에서는 온갖 물건을 다 팔았다. 심지어 말린 감초까지 있었다. 매점 안에 있던 스웨터 차림의 뚱뚱한 청년이 정확하게 다섯 시가 되자 후다닥 블라인드를 내렸다. 한참을 기다렸는데 바로 내 차례에서 문이 닫힌 것이다. 그는 내가 30분이나 기다렸다는 사실을 알아야 한다. 게다가 나는 그 가게에 있는 코닥 필름 전부가 필요하다. 나는 재빨리 매점 옆에 나 있는 문으로 갔다. 매점은 아주 작았기에 그 안에서 청년은 똑바로 서 있어야 했다. 나는 겨우 감초 한 덩이를 사려는 게 아니고, 그 가게의 필름 전부를 원한다고 말했다. 그러자 청년은 매점 밖으로 나와서 건물 벽에 몸을 기대고는, 지금은 다섯 시이며 문 닫을 시간이라고 대꾸했다. 그는 한 마디를 말할 때마다 머리 위로 손을 올려 아주 유별나게, 과장되고 비현실적인 몸짓을 했다. 그때 나는 갑자기 필름을 월요일에 구입해도 충분하다는 사실을 깨달았다. 좋소, 월요일에 오겠소, 나는 그렇게 말하면서 역시 똑같이 최대한 기분 나쁜 몸짓을 보여 주었다. 우리는 각자 머릿속으로 생각할 수 있는 가장 기분 나쁜 몸짓을 보이고는 서로 등을 돌렸다.

랭버빌. 내가 늘 좋아했던 '기장'이라는 단어가 걷는 동안 머릿속에서 떠나질 않는다. '씩씩한'이란 단어도 그렇다. 두 단어 사이에서 어떤 연결점을 찾는 것은 괴로운 일이 되었다. '씩씩하다'는 성큼성큼 걷는 것과 관계있고, 기장은 낫으로 수확하는 곡식과 연결된다. 기장과 씩씩하게 걷는 것은 어울리지 않는다. 울창한 숲이 나타난다. 고갯길에서 두 대의 화물차가 만났는데, 두 차는 운전석이 아주 가깝게 나란히 달렸기 때문에, 한쪽 운전기사가 땅을 밟지 않고 다른 차의 기사에게로 건너갈 수 있었다. 두 사람은 말 한 마디 나누지 않고 함께 점심을 먹는다. 그들은 벌써 12년 전부터 똑같은 구간을 똑같은 자리에서 운전해 왔기 때문에, 할 말은 동이 났지만 먹을거리는 함께 구입할 수 있었다. 숲은 여기서 천천히 끝나고 가파른 언덕이 나타난다. 사방 수십 킬로미터는 사람이 살지 않고 나무가 많지 않은 지역인데, 양차 세계대전 때 전투가 벌어졌던 곳이다. 풍경은 점점 더 넓게, 더 멀리 펼쳐진다. 내릴 듯 말 듯 빗방울이 떨어졌다. 걷는 데 지장을 주지 않을 만큼만 계속해서 내렸다. 땀을 엄청나게 많이 흘렸다. 기장을 생각하면서 씩씩하게 성큼성큼 걸었기 때문이다.

세상은 온통 잿빛이다. 불쑥 나타난 소들은 놀란 듯 보였다. 슈베비셰 알프에서 최악의 눈보라가 몰아쳤을 때 벌어진 일이다. 양을 위해 임시로 마련한 우리에서 추위에 떨며 혼란에 빠져 있던 양들은 나를 쳐다보더니, 무슨 해결책이라도 가져온 줄 알고 나를 향해 몰려왔다. 눈보라 속에서 양들의 얼굴에 나타났던 그런 신뢰감을 나는 어디서도 본 적 없었다.

비, 비, 비, 비, 비, 계속 비가 내린다. 다른 건 기억할 수조차 없다. 비는 끊임없이 규칙적으로 졸졸 흘러가는 소리를 냈고 길은 끝이 보이지 않는다. 들판에는 아무도 없고, 길은 끝없이 숲을 통해 뻗어 있다. 긴 숲길을 달려가던 차량 몇 대에서 사람들이 내리더니 쓸모없는 물건들을 내버렸다. 여성용 구두 한 짝, 트렁크 하나. 트렁크는 작지만 아마도 가득 차 있을 것이다. 확인해 본 건 아니다. 그리고 레인지 한 대. 어느 마을에서는 세 명의 아이들이 한 소년의 뒤를 공손하게 거리를 유지하며 따라갔다. 소년이 들고 가는 물로 채운 플라스틱 병 속에는 살아 있는 관상용 물고기 한 마리가 들어 있었다. 여기서도 소들은 나를 보자 질주하기 시작한다.

노맥시, 니브쿠르, 샤름. 마지막 몇 킬로미터

는 어떤 남자가 차에 태워 주었다. 그러나 아주 짧은 거리를 간 후에 덜거덩거리는 화물차로 갈아탔다. 화물차 뒤 칸에는 빈 유리병들이 이리저리 굴렀다. 운전수가 담배를 권했지만 사양했다. 차츰 따뜻해지자 젖은 몸에서 김이 피어오른다. 내 몸에서 난 증기 탓에 차창에 금세 수증기가 서려서 시야를 완전히 가렸기 때문에, 운전수는 차를 세우고 걸레로 창을 닦아야 했다. 샤름으로 가는 간선 도로 옆에 카라반과 트레일러하우스 전시장이 있었다. 지금은 겨울이라서 철망으로 막아 놓았는데, 울타리 뒤에 있는 차들은 아주 쓸쓸하고 황량해 보였다. 한 대의 차량에만 가재도구와 침대가 갖춰져 있었는데, 그게 이 전시장의 시범 모델이었다. 도로 쪽으로 맨 앞에 서 있는 차는 아주 컸다. 바로 그 지점에 신호등이 있어서 화물차들은 거기서 계속 멈춰야 한다. 게다가 그 차는 목재 단상 위에 세워져 있었다. 뒤에 있는 다른 차들은 모두 안이 휑하게 비었지만, 모델 차량 안에는 냉장고와 시트 덮인 침대가 놓여 있었다. 침대 시트 가장자리에는 비단 주름과 레이스 장식까지 달려 있다. 신호에 걸려 정지한 차가 없는 짧은 순간, 나는 모델 차량의 문을 홱 당겨 열었다. 내가 침대 쪽으로 가자 갑자기 트레일러 전체가 시소처럼 아래로 기울어 약간 비스듬해졌고, 트레일러의 앞쪽 끝은 허공으로 뻗었다. 이 차는 앞쪽과 가운데만이 받쳐져 있었고 침대가 있는 뒤쪽은 아무것도 받쳐지지 않았던 것이다. 나는 덜컥 겁이 났다. 그때 밖에서 신호 대기 중이던 화물차 기사도 나를 쳐다보았다. 그는 천천히 차를 몰며 내 쪽을 건너다보고는 전혀 이해할 수 없다는 표정을 지었지만, 이내 가 버렸다.

발바닥이 화끈거렸지만 잠들기 전에 시내에 나가 보았다. 시가행진이 한창이었다. 관악대와 폭죽, 그리고 퍼레이드를 함께 걷는 어린 소녀들. 부모들, 아이들, 그리고 그 뒤로 트랙터가 행사 차량을 끌고 갔다. 횃불을 든 의용 소방대 대원들이 에워싼 행사 차량 위에서는 산타클로스가 마분지 상자에서 사탕을 꺼내 애타게 기다리는 아이들에게 던져 주었다. 그중에 남자 아이 두 녀석은 뒤쪽으로 멀리 날아가는 사탕을 받으려고 몸을 날렸다가 어느 집 닫힌 문에 세게 부딪치기도 했다. 산타클로스의 모습은 너무나 어처구니없어서, 뭐랄까…… 한 방 먹은 기분이었다. 얼굴은 솜으로 만든 수염에 덮여 거의 보이지 않았고, 눈과 눈 주변도 검은 선글라스에 가려 있었다. 시청사 앞에는 거의 천 명 정도 사람이 모였고, 산타클로스는 발코니에 올라가서 아래를 향해 인사를 전했다. 직전에는 트랙터가 실수로 작동하여 어느 건물 외벽에 부딪치기도 했다. 남자아이들은 유니폼을 입은 여자아이들의 다리 사이로 작은 폭죽을 던졌고, 그것은 무질서하게 사방으로 터지면서 흩어졌다. 여자아이들은 삼삼오오 모여 소변을 보러 근처 식당 화장실로 갔다. 산타클로스가 선글라스를 낀 채 발코니 위에 나타났을 때, 속에서 터져 나오는 웃음을 참느라 내 몸은 경련하듯 떨렸다. 몇 사람이 나를 이상하다는 듯 쳐다보았고, 나는 슬그머니 식당으로 들어갔다. 샌드위치를 먹다가 실수로 목도리의 끝부분을 함께 씹었는데, 그 일이 또 나를 속까지 흔들었고, 그로 인해 내가 앉은 의자와 테이블까지 흔들렸다. 하지만 내 얼굴은 웃음이 터지는 티를 전혀 내비치지 않았으니, 완전히 일그러져 보였을 것이다. 종업원이 나를 유심히 보기 시작했다. 나는 도시 외곽에 있는 캠핑 트레일러하우스로, 전시용 차량 속으로 도망쳤다.

오래 걸은 탓에 오른발 상태가 좋지 않다. 아킬레스건은 엄청 예민해지고 두 배 정도 두꺼워졌으며 발목도 퉁퉁 부었다. 아마도 하루 종일 아스팔트 도로의 왼쪽 끝으로만 걸었기 때문인 듯했다. 왼발은 평평한 바닥을 밟았지만, 오른발은 빗물이 흘러내리도록 약간 경사지게 만들어 놓은 면을 밟았기 때문에 걸을 때마다 아주 살짝 꺾였던 것이다. 내일은 무조건 도로의 좌우측을 번갈아 걸을 것이다. 들판을 가로질러 걷는 동안 아무것도 알아채지 못했다. 발바닥은 땅속에 이글거리는 핵의 열을 받은 것처럼 화끈거린다. 오늘은 쓸쓸함이 다른 날보다 더 깊다. 나 자신과 대화를 이어가 본다. 비는 사람을 눈멀게 만들 수 있다.

12월 7일 토요일

바깥에 세찬 비가 내리는 광경을 보고 전시용 침대 속에 누워 있던 나는 이불을 다시 귀까지 끌어당겼다. 제발, 비 좀 그만 내렸으면! 태양은 계속되는 전투에서 모두 패배한 것일까? 아침 여덟 시쯤이 되어서야 겨우 자리에서 일어났지만, 이른 시간부터 완전히 기운이 빠져 버렸다. 냉혹하게 내리는 비와 습기, 깊고 깊은 암울함이 내려앉은 대지. 언덕, 들판, 진흙탕, 그리고 12월의 슬픔.

미르꾸르, 거기서부터 뇌프샤토 방향으로 계속 걸었다. 지나가는 차량이 늘었고, 이제 본격적으로 비가 쏟아지기 시작했다. 온 천지 가득 내리는 비, 멈출 줄 모르고 계속 내리는 겨울비 탓에 더욱 기가 빠졌다. 비는 차가웠고 불친절했고 모든 것에 스며들었기 때문이다. 몇 킬로미터 정도 지난 후에 어떤 사람이 나를 차에 태워 주었다. 그가 먼저 차를 타겠느냐고 물었고 나

는, 네, 타고 싶어요, 라고 대답했다. 그 남자는 나에게
껌을 주었다. 정말 아주 오랜만에 껌을 씹었다. 그게 나
의 자신감을 어느 정도 되살려 주었다. 40킬로미터가
넘는 구간을 함께 차를 타고 갔다. 그 덕에 내 속에서
대담한 자신감이 솟구쳐서, 다시 빗속을 걸었다. 비와
안개에 뒤덮인 대지를. 그랑은 그저 궁색한 마을일 뿐
이지만, 거기에는 로마 시대에 지어진 야외 극장이 있
다. 샤트누아, 여기는 샤를마뉴 대제 시대에는 전 지역
의 핵심이었던 곳이다. 지금은 꽤 큰 규모의 가구 공장
이 있다. 이곳 사람들은 공장 소유주가 간밤에 모든 것
을 버리고 아무 지시도 남기지 않은 채 사라졌기 때문
에 몹시 흥분한 상태다. 그가 어디로 도망쳤는지 아무
도 알지 못했고, 그 이유는 더더욱 알 수 없었다. 장부는
정상 상태이며 재정에 문제가 있는 것도 아닌데, 공장
소유주가 아무 말도 없이 달아난 것이다.

걷고, 걷고, 걷고, 또 걸었다. 육중한 담벼락과
아름다운 성이 담쟁이덩굴로 덮인 채 저 멀리 서 있었
다. 성 앞에 있던 소들마저 성을 보고 놀란 듯했다. 나를
보고 놀란 것은 아니다. 아름드리나무들은 열기를 막아
주는 그림자를 내어 주었고, 여기저기 졸졸 흐르는 물

도 해를 피하기에 좋았다. 아래쪽 바닷가에는 커다란 죽은 배들이 미동도 않고 있었다. 성에는 흰색 동물들만 있었다. 흰 토끼, 흰 비둘기, 수정으로 만들어진 연못의 금붕어마저 흰색이었다. 가장 믿을 수 없는 사실은, 공작새도 하얗다는 것이다. 그 새들은 백변종으로 눈처럼 하얬는데, 눈은 선홍색이었다. 공작 한 마리는 꼬리를 활짝 펴서 하얀 바퀴를 만들고, 다른 공작들은 나무 위에 앉아서 끼익끼익 소리를 낸다. 아주 산발적으로 매서운 빗줄기에 맞추어 날카로운 목소리로 소리를 지르기도 했다. 나는 약간 북쪽으로 잔 다르크의 생가가 있는 동레미로 갈 계획이다. 생가에도 가 보고 싶다. 개천가의 비에 젖은 숲을 따라서 걷는다. 석탄은 보지 못했다. 여러 카페에서 사람들이 격하게 다투는 소리가 들려온다.

동레미로 향하는 길은 더없이 음울하다. 내가 바르게 가고 있는지도 더 이상 모르겠다. 그냥 되는 대로 걸었다. 앞으로 쓰러지면 그것이 걸음이 된다. 처음에 세차게 내리던 비가 나중에는 안개비가 되었다. 뫼즈강이 내 옆으로 느릿느릿 쓸쓸하게 흘러간다. 아래쪽에 강을 따라 나 있는 오래된 철길은 더는 사용되지 않으며, 도로 건너편에 새로 난 선로가 오른쪽 위로 쭉 뻗어 있다. 이제는 사용되지 않는 건널목 초소에서 나는 더 이상 갈 수 없었다. 초소에는 지붕도 없고, 창도 없고, 문도 없다. 위쪽 도로에는 자동차들이 비를 뚫고 달려가고, 더 위에서는 화물 열차가 지나간다. 초소 2층의 바닥은 비를 머금고 있다. 누더기가 된 벽돌 무늬 양탄자가 벽에 걸려 있다. 굴뚝에는 쐐기풀이 시들어 썩어 가고, 바닥에는 건축 쓰레기가 쌓여 있다. 부서진 더블 베드의 잔해, 침대 스프링, 그렇지만 그 한쪽 귀퉁이에는 앉을 수 있다. 새들은 온 사방 비에 젖은 가시나무 관목 수풀에 둥지를 틀었다. 선로는 녹슬었다. 바람이 초소를 통과하여 지나간다. 비로 인해 가득한 습기가 사물처럼 대기 중에 굳게 서 있다. 여기엔 유리 파편들, 저기엔 짓밟힌 쥐 한 마리, 그리고 뚫린 문 앞에 비를 머금은 앙상한 덤불에는 빨간 야생 딸기가 달려 있다. 지빠귀에게는 이 땅에 최초의 인간들이 도착하기 이전의 시간이 다시 온 것이다. 들판에는 아무도 없다. 정말 단 한 사람도 없다. 얇은 비닐로 만든 비옷이 뚫려 있는 창에 걸려서 바스락거린다. 비옷으로 막아 놔서 비가 많이 들이치지 않은 것이다. 강 쪽에서 아무런 소리도 들려오지 않고, 강은 그저 천천히 소리 없이 흐르고 있다. 거칠게 자란 풀들이 축축한 바람 속에서 시든 채 움직거린다. 2층으로 올라가는 계단은 현대식이지만, 내가 발을 디디자 부서져 버렸다. 화물차들은 비를 맞으며 서 있다. 건물 앞 꽃밭이 있었던 곳에 지금은 덤불과 잡초가 무성하다. 울타리가 있던 저곳에 철조망은 녹이 슬었다. 축축한 문지방은 누리끼리한 녹조에 덮인 채 문앞에서 한 걸음쯤 떨어져 있다. 나는 계속 갈 것이다. 아무와도 마주치지 않으면 좋겠다. 내가 숨을 쉬면, 숨결은 문 밖으로 나가 활기차게 자연 속으로 떠나간다.

길옆에 팔려고 내놓은 농기구들이 늘어서 있었다. 하지만 농부들은 보이지 않았다. 갈까마귀 떼가 남쪽으로 날아갔다. 새들은 여느 때 날던 것보다 훨씬 더 높이 날았다. 바로 옆에 있는 전원풍의 성당 안에는 이름 모를 메로빙 가문의 왕이 묻혀 있다. 잿빛 숲속에서 사람 목소리가 들려왔다.

쿠세에서 뫼즈강을 건넜다. 작은 도로의 왼쪽을 따라가면, 성당으로 올라갈 수 있다. 거기서 깊은 감동을 받았다. 그토록 웅장한 계곡과 그 광경은 네덜란드 풍경화의 배경처럼 대단히 장엄한 모습이었다. 양

측면으로 언덕이 있고, 뫼즈강은 평평한 계곡에서 굽이져 흘러간다. 동쪽의 광경은 완전히 비교가 불가능한 것이다. 모든 것이 12월의 안개에 싸여 있다. 강가의 나무들은 안개비 속에 서 있다. 그 풍광이 내 마음을 어루만져 주었다. 용기가 솟았다. 성당 바로 옆에 있는 집의 문을 따고 들어가려 했지만, 자제해야 했다. 문에 육중한 빗장이 걸려 있어서, 그것을 열다가 소음이라도 나면 부근에 사는 사람들이 알아챌 것 같았기 때문이다. 동레미에서 나는 잔 다르크의 생가에 들어갔다. 잔이 태어난 집은 다리 바로 옆에 있었다. 그녀의 서명이 있었다. 그 앞에 한참 서서 바라보았다. 그녀는 'Jehanne'라고 썼는데,* 틀림없이 누군가 그녀의 손을 이끌었을 것이다.

---

*   'Jehanne'는 'Jeanne'의 중세 프랑스어 표기다. 종교 재판에서 잔 다르크는 강압에 의해 교회의 처분을 따르겠다는 문서에 서명했는데, 문맹이었던 그녀는 문서의 내용을 알지도 못했으며, 서명도 이름의 철자를 불러 주는 대로 적었다고 한다.

12월 8일 일요일

　　이곳의 땅은 부주의하게 방치된 채 죽어 있다. 교회 주위에서 아이들이 놀고 있다. 밤에는 모든 게 얼어 버릴 만큼 추웠다. 한 노인이 다리를 건너온다. 그는 내가 쳐다보는 것을 모르는 듯했다. 노인은 아주 느리게 힘겹게 걸었고, 주저하듯 짧게 몇 걸음 걷고 나서는 쉬어야 했다. 그와 함께 걷는 것은 죽음이다. 세상은 아직 여명에 싸여 있다. 구름이 낮게 깔린 걸 보니 오늘도 날씨는 좋지 않겠다. 틸의 결혼식은 눈이 가득 덮인 산 위에서 열렸다. 나는 할머니를 뒤에서 밀면서 산 위로 올라갔다. 먼저 올라간 에리카는 아래를 향해 우리가 있는 그곳에 그대로 앉아 있으라고 소리쳤다. 내가 말했다, 첫째, 우리는 앉아 있지 않다. 둘째, 도대체 축축한 눈 속 어디서 우리가 앉을 수 있겠느냐. 털을 깎은 건장한 양 한 마리가 마을 도로에서 길을 잃었는데, 어둠이 내릴 때쯤 나에게 와서 '매에' 하고 울었다. 그러고는 다시 탄력 있는 종종걸음으로 달아났다. 해질녘이 되니 참새가 울기 시작한다. 어제는 마을이 추위에 움츠러든 애벌레처럼 나태했었다. 오늘, 일요일에 벌써 고치로 변했다. 추위로 인해 지렁이들이 터져 나왔는데, 아스팔트 도로를 넘어가지 못한다. 여름이면 밖에 나와 앉았던 양철 지붕의 처마 밑에는 지금 고독이 웅크리고 있다, 도약하기 위해서.

　　　동레미-그뤼-르 로아즈-보드빌-댕빌-셰시. 언덕들 위에 비를 머금은 어두운 구름이 낮게 내려앉았다. 하지만 안개비만 내리고 있다. 완전한 고독. 시냇물은 나의 동반자다. 회색 왜가리가 몇 킬로미터 떨어진 곳으로부터 점점 나를 향해 날아와서 내려앉는다. 가까이 다가서자 약간 앞으로 날아간다. 새가 어느 쪽으로 날든지 나는 새를 쫓아갈 것이다. 모든 것에 물기가 가득 찼다. 재킷도, 바지도, 얼굴과 머리카락도 모두 젖었다. 앙상한 덤불에는 물방울이 걸려 있다. 흑청색의 벨라돈나 열매는 김이 서려 회색으로 보인다. 모든 나무 위에는 서리처럼 하얀 이끼가 자라고, 드문드문 담쟁이 덩굴도 있다. 끝없이 빽빽하고 무성하고 하얀 야생의 숲이다. 숲 안쪽 깊은 곳에서 사냥하는 소리가 울려오더니, 사냥꾼들이 도로를 따라서 온다. 배송 트럭에서는 한 무리의 개들이 내린다.

이 지역은 반쯤은 버려지고, 반쯤은 폐허가 되고, 완전히 잊혔다. 집들은 안으로 꺼진 축축한 회색 석재를 자그마하게 쌓아 놓은 모습이다. 날은 서서히 환해졌지만 대기에는 습기가 여전했으며, 풍경은 음산하고 잿빛이었다. 셰시에서 화물차가 커다란 통에 담긴 우유를 탱크로 빨아들이고 있다. 마음속에서 나의 운명에 대한 확실하고 위대한 결단이 솟아오른다. 나는 오늘 마른강에 닿게 될 것이다. 시르퐁텐은 죽어 가고 있다. 버려진 집들, 커다란 나무가 지붕 위에 가로로 쓰러져 있는데, 벌써 한참 된 것 같다. 마을에는 갈까마귀가 살고 있다. 두 마리 말이 나무껍질을 뜯어 먹는다. 사과나무들 주변에 진창이 된 땅에는 사과가 떨어져 썩고 있지만 아무도 거두지 않는다. 멀리서 유일하게 잎이 달린 것처럼 보였던 나무에는 신기하게도 사과가 빽빽하게 열려 있었다. 젖은 나무에는 잎이 하나도 없고, 오직 떨어지지 않은 젖은 사과들뿐이다. 그중 하나를 따서 먹어 보았다. 상당히 시었지만 갈증을 해소시킬 만큼 즙이 나왔다. 사과 속을 나무에 던졌더니 사과가 비오듯 떨어졌다. 다시 잠잠해지고 땅바닥이 고요해졌을 때, 누구도 그러한 인간의 적막함을 상상할 수도 없을 거라 생각했다. 최고로 쓸쓸한 날이요, 최고로 고독한 날이다. 나는 다가가서 열매가 다 떨어질 때까지 나무를 흔들었다. 고요한 가운데 사과들이 투두둑 소리 내며 땅에 떨어졌다. 그 뒤 엄청난 고요가 엄습했다. 주변을 둘러보았지만 아무도 없었다. 버려진 어느 세탁장에서 물을 마셨는데, 그것은 나중의 일이었다.

나는 축축한 눈사태 위를 걸었지만, 그 사실을 전혀 알지 못했다. 갑자기 경사면 전체가 이상하게도 기어가기 시작했다. 발밑 땅 전체가 움직이고 있었다. 무엇이 기어가는 걸까, 쉭쉭거리는 소리는 뭐지? 내가 말했다, 뱀이 쉭쉭거리는 건가? 산비탈 전체가 나와 함께 기어가면서 쉭쉭거리는 것이었다. 많은 사람들이 운동 경기장에서 밤을 지내야 했다. 사람들이 서로 밀착한 채 잠자고 있던 계단이 너무 가파르게 지어졌기 때문에, 사람 사태가 나서 사람들은 미끄러지고 굴러떨어졌다. 정지란 없었다. 나는 푸아송에서 멀리 떨어진 시냇가에서 멈췄다. 시내의 근원이 어딘지 알 수 있었다. 그리고 말했다, 시냇물이 너를 마른강에 데려갈

거야. 땅거미가 질 무렵 주앵빌 부근에서 마른강을 건 넜다. 먼저 운하를 건너고, 그다음에 강을 건넜는데 급 하게 흐르는 강물은 비로 인해 더러워졌다. 어느 집 앞 을 지나가다가 TV에서 스키 경기가 방송되는 것을 보 았다. 나는 어디서 자야 할까? 스페인 신부가 서툰 영어 로 미사를 읽고 있다. 그는 그다지 좋지 않은 목소리로 지나치게 시끄러운 마이크에 대고 성가를 불렀다. 신부 뒤의 석조 벽에는 담쟁이가 자랐고 참새가 짹짹거렸다. 참새들이 마이크 가까이에서 소란을 피우는 바람에 신 부의 말을 하나도 알아들을 수 없었다. 참새들은 백배 강해졌다. 그때 창백한 어린 소녀가 계단에 쓰러지더니 숨을 거두었다. 누군가 차가운 물을 그녀의 입술에 대 주었지만, 소녀는 오히려 죽음을 원했다.

12월 9일 월요일

어제는 두 번째 대림절*이었다. 시르퐁텐-아르메빌-줄랭쿠르-사이-농쿠르-푸아송-주앵빌, 이것이 어제 지나 온 루트의 절반이다. 주앵빌에는 모든 사람들의 머리 위에 음모가 떠돌고 있는 것 같다. 오늘은 어느 루트로 가야 할지 불확실하다. 트루아 방향으로 직접 갈 수도 있고, 바시를 경유할 수도 있다. 자욱한 구름은 어제와 별반 다르지 않다. 비와 스산한 날씨도 어제와 똑같다. 점심때 도마르탱 르 프랑크에 도착하여 식사를 조금 했다. 이 지역은 지루하고, 언덕이 많고, 살풍경하다. 축축한 밭들은 갈아엎어졌고 밭고랑에 차가운 물이 고여 있다. 약간만 멀어지면 모든 것은 자욱한 구름 안개 속에 희미해져 버린다. 비가 제대로 오는 것

---

* 성탄절 전 4주간의 교회력의 전례 절기 중 하나이며, 크리스마스까지의 준비기간을 뜻한다.

이 아니라, 그저 보슬보슬 살며시 내리고 있다. 멀찍이 펼쳐진 마을들은 고요하다. 지나가는 차도 드물다. 걷기엔 적당하다. 오늘은 어느 방향으로 갈지, 얼마나 멀리 가게 될지, 나는 정말 아무런 상관이 없다.

맞은편 길가에, 젖은 들판의 가장자리를 따라서 커다란 개 한 마리가 어슬렁거리며 다가오고 있었다. 누가 봐도 주인 없는 개임에 틀림없다. 내가 컹컹 소리 내어 보니까, 개는 곧바로 길을 건너서 내 뒤를 따라왔다. 나는 종종 몸을 돌려 개를 향했는데, 그 개는 내 눈에 띄기를 원치 않았는지 길가 도랑 속에서 터벅거리며 따라왔다. 몇 킬로미터 정도, 꽤나 긴 거리를 그렇게 걸었다. 내가 쳐다보면 개는 도랑에서 몸을 작게 웅크리고는 주저하면서 가만히 서 있었다. 덩치 큰 개가 소심한 표정을 지었다. 내가 걸으면 개도 걸었다. 그러더니 어느 틈엔가 개는 사라져 버렸다. 나는 주변을 한참 둘러보았고, 잠시 기다려도 봤지만 그 개는 다시 나타나지 않았다. '너의 침대를 네 몸같이 사랑하라', 어느 집 벽에 백묵으로 그렇게 쓰여 있었다.

얼마나 오랫동안 쭈그려 앉을 자리조차 충분치 않았던가? 쭈그려 앉기, 라고 나는 혼잣말을 했다.

보이는 것이라곤 수확이 끝나서 물이 가득 찬 들판뿐이고, 들판 위엔 습기 가득한 회색 구름이 떠 있다. 물을 흠뻑 머금어 썩어 가는 옥수수 줄기들이 앞으로 홱 꺾여 있다. 길가에 반들반들한 버섯이 모여 자라서 덩어리를 이룬 것이 눈에 띄었다. 자동차 바퀴만 한 크기였다. 버섯은 사악하고 독을 품은 채 썩어 가는 것처럼 보였다. 늙은 회색빛 말들이 물이 고인 목초지에 미동도 없이 서 있었다. 수십 만 개의 촘촘한 울타리. 진흙탕이 된 농가 마당에는 거위들이 있다. 잠시 쉬는 동안 나는 등 뒤에서 양들이 꼼짝 않고 나를 노려보고 있음을 느꼈다. 양들은 대오를 갖추어 서 있었는데, 이 모든 상황은 주유소 옆에서 일어났다. 주유소 직원이 나를 미심쩍은 눈길로 주시하던 순간, 양들은 단호하게 더 가까이 다가왔다. 나는 그들의 포위로 인해 난처해졌다. 그래서 오래전에 휴식을 끝낸 것처럼 행동했다. 그래도 잠시 걸터앉아서 다리를 흔들며 쉴 수 있었던 이 작은 돌담 때문에 즐거웠다.

오늘 처음으로 트랙터 두 대가 멀리 보슬비에 젖은 밭에서 작업하는 모습을 볼 수 있었다. 라인강 지역을 떠난 이후 들에서 일하는 사람을 보지 못했다. 크리스마스트리가 세워졌으나 아직은 장식이 달리지 않은 채 밋밋한 상태였다. 지역은 이제 완전히 평평해졌으며, 앞으로도 한참은 평지가 계속될 것이다. 오늘은 서쪽에 고독이 감돈다. 시야가 사라져서 그리 멀리 내다볼 수는 없었다. 아무것도 없는 밭에서 새들이 비상하는 모습을 보았다. 새는 점점 많아졌으며, 결국은 하늘이 새로 가득 찼다. 그리고 나는 그 새들이 땅의 내부로부터, 중력이 작동하는 깊은 안쪽에서 솟아오르는 것을 보았다. 저쪽엔 비탈진 감자밭이 있다. 끝도 없이 뻗은 길을 바라보며 나는 불안해졌다. 지난 일주일간 계속 비가 내려서, 태양의 위치를 알아내는 것마저 불가능해졌다. 내가 브리엔에 도착하자 사람들은 곧바로 숨기 시작했다. 작은 가게 한 군데만 실수로 아직 열려 있었다. 이내 그 가게 역시 문을 닫았고, 그때부터 마을은 죽은 듯이 황량해졌다. 이 마을 위쪽에는 철의 담장으로 에워싼 성이 거대하고 육중하게 자리하고 있다. 그곳은 정신병원이다. 오늘 나는 자주 '숲'이라고 혼잣말을 했다. 진실은 스스로 숲을 통해 지나간다.

12월 10일 화요일

완전히 맑은 날씨다. 해를 보니 기분도 좋아진다. 모든 것이 김을 낸다. 나뭇가지가 삶은 것처럼 김을 내고 있다. 들판에 김이 오른다. 나는 하늘을 쳐다보고, 쳐다보면서 걷고, 또 걷는다. 아무것도 원하지 않고 북쪽을 향해 굽은 길을 따라 마냥 걷는다. 가지에 이어서 증기는 밭에서 피어오르며 자욱하고 깊게 바닥에 깔렸다. 그 김이 딱 어깨까지 올라오도록 기다렸다. 멀리 내다보니, 대지는 거의 평평하다. 피부가 상한 부인이 비루먹은 강아지를 집밖으로 몰아낸다. 오 하느님, 너무 춥네요, 하느님 나의 부모를 늦게 하소서. 부로*는 호텔 10층에서 떨어져서 즉사했다. 발코니 난간에 거기 어울리지

---

*   '작은 당나귀'를 뜻하는 스페인어 '부로'는 헤어초크의 첫 아들 루돌프의 애칭이다. 그러나 루돌프 헤어초크Rudolf Herzog, 1973~는 사고사하지 않았으며, 현재 영화 제작자이자 작가로 활발히 활동하고 있다.

않는 구멍이 뚫려 있었기 때문이다. 명성에 금이 가는 것을 두려워한 호텔 소유주는 나의 아픔이 엄청난 것을 알기 때문에 전문 교육을 위해 1만 마르크를 주겠다고 제안했다. 무슨 쓸모의 교육이냐, 이것은 유다의 돈이요, 그것으로 그 누구도 다시 살려 낼 순 없다고 내가 말했다. 피니까지 가는 지름길은 오롯이 내가 독차지했다. 내가 잠을 잤던 공구 창고의 벽을 통해 코 고는 소리가 들렸다. 자정이 지나서 짧은 소동이 있었고 그 통에 정신이 말짱해진 나는 일순간 도망쳐 버릴까 생각을 했다. 이 지역의 집과 사람들의 분위기는 지금껏 지나온 곳들의 분위기와 완전히 다르다. 하지만 마을들은 한때 좋은 시절을 보내기도 했다. 철도 건널목에서 나는 늙은 철로지기를 만났다. 그는 이미 은퇴하였지만 매일 가죽 슬리퍼를 신고, 지금은 후임자가 지내고 있는 건널목 초소에 들어와서는 자동 컨트롤 박스의 내부를 청소한다. 사람들은 그가 그렇게 행동하도록 허락해 주었다. 다시 구름이 서서히 몰려왔다. 하지만 새소리 때문에 기분 좋았다. 피니에서 우유와 귤을 사고 마을 한가운데서 쉬었다. 자세히 살펴보니 내가 앉아 있는 곳은 마을의 중심을 삼각점으로 표시한 자리였다.

길은 완전히 직선이었다. 언덕을 따라 위로 올라가면 구름을 헤치며 가게 된다. 거대하고 텅 빈 들판이다. 자동차가 도로를 따라서 빨려가듯 사라진다. 피니를 떠나자 곧 내 꼴을 보고 놀란 순찰대가 나를 검문했다. 그들은 내 말은 한 마디도 믿지 않고 곧바로 나를 연행하려 했다. 내가 뮌헨에 대해 이야기하자 비로소 의사소통이 시작됐다. 옥토버페스트*라는 단어를 말했을 때 경관 중 한 명이 거기 가 본 적 있다면서, '글로켄슈필'**과 '마리엔플라츠'***라는 단어를 기억해 냈다. 그는 그 단어들을 독일어로 말할 수 있었다. 그제서야 그들은 나에게 자유를 주었다. 언덕 위에 서니 아주 멀리 트루아가 보였다. 두루미들이 완벽한 대형을 이루고 머리 위로 날아갔다. 새들은 강한 바람에 맞서느라 내가 걷는 속도보다 더 빨리 날지는 못했다. 크고 회색빛의 커다란 스물네 마리 새들은 이따금 목이 쉰 소리를 냈

---

*   뮌헨에서 매년 9월 말에서 10월 초까지 열리는 민속 축제
**   원래 금속제 음판을 두들겨 연주하는 타악기의 일종이지만,
        여기서는 뮌헨의 시청사 종루에 설치된 특수 장치 인형시계를
        가리킨다.
***   뮌헨 시내 중심에 있는 광장

다. 그들의 대형 속으로 돌풍이 불면 몇 마리는 대열에서 떨어져 나간 다른 새들이 자리로 되돌아올 수 있게끔 안간힘을 썼다. 그렇게 서로에게 줄을 맞추는 모습은 장관이었다. 무지개가 그러하듯 두루미들은 걸어가는 사람을 위한 하나의 은유가 되어 주었다. 트루아 뒤쪽으로는 가벼운 산비탈이 보였는데 아마도 센 계곡의 뒤편인 듯했다. 두루미들은 갑자기 남동쪽으로 방향을 틀었다. 국립공원이 있는 방향일 것이다. 센강을 건너기 전, 나는 우선 우유를 한 통 사서 다리 난간에 앉아 마셨다. 내가 물에 던진 빈 우유갑은 나보다 먼저 파리에 도착할 테다. 이 도시 사람들의 당당한 모습을 보며 놀라지 않을 수 없었다. 정말이지 나는 아주 오랜 시간 동안 제대로 된 대도시에 머무르지 않았던 것이다. 놀라운 마음을 안은 채 나는 곧장 대성당으로 갔다. 아픈 발로 밖에서 서성거리며 순수한 경탄을 느낄 뿐 감히 성당 안으로 들어갈 생각은 하지 않았다. 나는 결코 이 공간에 예견된 존재가 아니었기 때문이다. 작은 호텔 방을 얻고 나서, 누버의 트리코트를 세탁했다. 키커스 오펜바흐 팀의 고별 경기에서 입었던 이 축구 유니폼에서는 더 이상 누버의 냄새가 나지 않고 내 몸 냄새가 난다.

그 셔츠는 지금 작은 난방 장치 위에서 말라 가는 중이다. 대도시는 더러움을 감춘다. 대도시에는 뚱뚱한 사람이 많다. 나는 경주용 자전거에 앉아 있는 뚱뚱한 남자를 보았다. 오토바이에 앉은 뚱뚱한 남자도 보았다. 그는 비루먹은 강아지를 자기 앞 연료 탱크 위에 앉혔다. 나는 뚱뚱한 젊은 여자 점원에게서 치즈를 샀다. 내 모습이 완전히 엉망이었음에도 불구하고 그녀는 나를 귀족처럼 대해 주었다. 두 명의 뚱뚱한 아이들이 TV 앞에 있는 모습을 보았다. 화면이 알아볼 수 없을 정도로 일그러졌음에도 불구하고, 아이들은 꼼짝 않고 그걸 응시하고 있었다. 시장 옆에 한 청년이 목발을 짚고 있었다. 그는 벽에 기대어 서 있었고, 나의 두 발은 더 이상 걷기를 원치 않았다. 아주 잠깐 서로를 쳐다보았을 뿐이지만, 그 순간 우리는 서로가 얼마나 닮았는지 헤아릴 수 있었다.

12월 11일 수요일

앞으로 더 가야 할 길을 바라보고 있다. 언덕 꼭대기에 다다랐을 때, 갑자기 저기에 기수가 서 있다고 생각했다. 가까이 가서 보니 그것은 나무였다. 양 한 마리도 보았는데, 나는 그게 덤불일 거라고 추측했다. 하지만 죽어서 누워 있는 양이었다. 양의 죽음은 고요하고 비장했다. 죽은 양을 본 건 처음이었다. 나는 아주 활기차게 계속 걸어갔다.

트루아에서는 낮게 낀 구름이 이미 어슴푸레한 새벽부터 몰려오고 있었다. 비가 내리기 시작했다. 어둑어둑한 가운데 대성당으로 갔다. 아직 어둠에 싸여 있는 성당을 조용히 돌아서 가다가, 퍼뜩 몸을 움직여 건물 안으로 들어갔다. 내부는 아주 캄캄했다. 나는 오랜 옛날부터 어둠에 싸여 있는 거인들의 숲속에 말없이 서 있었다. 밖에 나오니 폭풍이 거세게 불어와서 내 우비를 찢었다. 버스 정류장에 잠시 멈추었다가 다음 정류장을 향해 전진했다. 지붕이 덮인 정류장을 대피소로 삼았던 것이다. 간선 도로로 걷는 것이 너무도 견디기 힘들었기 때문에, 평행으로 나 있는 센강변의 길을 따라 걸었다. 주위는 매우 황량했고, 이 변두리 지역은 끝날 것 같지 않았다. 그러나 사이사이에 농가들이 있었다. 전선들은 폭풍에 흔들리면서 윙윙 소리를 냈다. 나는 바람에 날려가지 않으려고 몸을 약간 앞으로 구부린 채 비스듬히 걸었다. 구름은 기껏해야 100미터 높이도 안 되어 보였다. 희한한 추격의 상황이 벌어지고 있었다. 공장 근처를 지날 때 감시원이 등 뒤에서 소리쳤다. 그는 내가 공장 부지로 들어온다고 판단했던 모양이다. 하지만 나는 커다란 분수대를 실은 화물차들과는 멀리 떨어져 있었다. 들판을 가로질러 가는 것은 완전히 불가능했다. 들판은 온통 침수되어 질퍽거렸다. 경작지가 있는 저곳은 토양이 너무 묵직하다. 나는 굳은 날씨를 헤쳐 오며 강해졌기에, 사람들의 얼굴을 견디는 것이 더 쉬워졌다. 손가락이 꽁꽁 얼어서 글을 쓰는 건 몹시 힘들었다.

갑자기 눈보라, 번개, 천둥 그리고 폭풍이 한꺼번에 내게로 몰아쳤다. 순식간에 일어난 일이라서 피할 곳도 찾을 수 없었다. 어느 건물 벽, 바람이 들지 않는 틈새에 몸을 반쯤 기대고는 이 난장판이 나를 지나쳐 갈 때까지 버텼다. 바로 오른쪽 집 모퉁이에서 셰퍼드 한 마리가 정원의 격자 울타리 사이로 머리를 내밀고 미친 듯이 으르렁거렸다. 몇 분이 지나니 도로에는 손목 높이의 물과 눈이 찼고, 화물차 한 대가 지나가며 도로에 고인 물과 눈을 내게 튀겼다. 그러곤 몇 초 만에 해가 나더니, 곧이어 폭우가 쏟아졌다. 처마에서 처마로 비를 피하며 나아갔다. 사비에르에서 마을 학교에 왔을 때, 나는 파리까지 차를 타고 갈지, 그리고 걸어가는 것이 어떤 의미를 갖는지에 대해 곰곰이 생각했다. 하지만 이렇게 먼 거리를 걸어왔는데 이제 와서 차를 탄다? 이것이 무의미한 행위라면, 차라리 이 무의미함을 남김없이 실천하는 편이 더 나을 것이다. 생 메스망, 레그레. 레그레에 도착할 때까지는 광포히 다가오는 검은 폭풍의 벽을 피할 수 없었다. 나는 사람이 살고 있는 집의 세탁장으로 몰래 들어갔다. 밖에서는 5분 동안 지옥의 광경이 펼쳐졌다. 새들은 수평으로 휘몰아치는 우박 같은 두꺼운 싸락눈에 맞서 전쟁을 치러야 했다. 싸락눈은 몇 분 만에 내 머리 위를 휩쓸고 지나갔고 온 세상을 하얗게 만들었다. 곧이어 불안한 태양이 고통으로 움찔거리며 나타났다. 그 뒤를 따라 깊고 시커멓고 무시무시한 다음번 벽이 닥쳐오고 있었다. 발바닥까지 완전히 뒤흔들린 상태로 레그레에 도착해서, 나는 카페오레를 주문했다. 오토바이를 탄 두 명의 경관도 대피할 곳을 찾아 카페로 들어왔다. 입고 있는 고무 제복 때문에 그들은 잠수부처럼 보였다. 계속 걸을 수가 없었다. 엄청난 눈보라에 기가 막혀 절로 웃음이 났다. 카페에 들어설 때 내 얼굴은 완전히 일그러져 있었다. 나는 경찰을 보자마자 체포당할까 겁이 나서, 잽싸게 화장실로 뛰어가 거울 속의 내가 아직 인간의 몰골을 하고 있는지 확인했다. 두 손은 천천히 온기를 되찾았다.

상당히 긴 구간을 걷고 또 걸었다. 저 멀리에서 무시무시한 폭풍이 불어왔고, 그 넓은 데서 피할 곳도 찾지 못하고 있을 때, 차 한 대가 멈추더니 악천후를 뚫고 나를 로밀리까지 태워다 줬다. 나는 계속 걸었다. 갑자기 우박이 퍼붓는 바람에, 다시 멈추어 어느 집 처마 밑에 기대어 섰다. 서둘러 봐야 더 나은 것을 발견할 수 없는 상태가 된 거다. 집 안에는, 창가에서 팔을 뻗으면 잡을 수 있을 듯한 거리에 한 노인이 앉아서 스탠드 불빛

아래 책을 읽고 있었다. 그는 밖에서 천지가 요동치는 것
도, 내가 아주 가까이 서서 창에 대고 숨을 쉬고 있는 것
도 알아차리지 못했다. 문득 내 얼굴을 다시 거울에 비추
어 보고 싶었다. 나 자신도 알아볼 수 없는 상태가 됐다
는 예감이 일었기 때문이다. 남은 구간을 헤엄쳐 갈 수
있다면 좋을 텐데. 어째서 센강을 따라서 헤엄칠 수 없
는 걸까? 나는 뉴질랜드에서 오스트레일리아로 도주하
는 일군의 난민들과 함께 헤엄을 쳤다. 길을 아는 유일
한 사람이었기 때문에 내가 맨 앞에서 헤엄쳤다. 난민들
에게 달아날 수 있는 유일한 가능성은 수영이었다. 그러
나 그 거리는 80킬로미터나 되었다. 나는 사람들에게 플
라스틱 축구공을 튜브 삼아 챙기라고 충고했다. 이 시도
는 몇 명의 익사자들에게는 시작하기도 전에 이미 전설
적인 것이 되었다. 며칠 후 우리는 오스트레일리아의 어
느 도시에 도착했다. 내가 맨 먼저 뭍에 올랐고, 뒤따르
던 사람들의 손목시계들이 물에 반쯤 잠긴 채 떠밀려 왔
다. 나는 시계를 주워 모았고, 헤엄쳐 온 사람들을 물에
서 끌어올렸다. 해안에서 위대하고 장엄한 형제애 가득
한 장면이 펼쳐진 것이다. 그 가운데 실비 레 클레지오는
내가 유일하게 아는 사람이었다.

비가 다시 거세지기 시작했을 때 나는 지붕이 있는 버스 정류장으로 피신했다. 하지만 그곳은 이미 몇 사람이 차지하고 있었다. 머뭇거리다가 결국 학교 쪽으로 천천히 내려갔다. 그때 차가 출입하는 정문이 철컥 소음을 내며 잠겼다. 어느 교실에서 한 교사가 나를 빤히 쳐다보고 있었다. 마침내 그는 샌들과 파란 작업복 차림으로 나와서는 나에게 교실로 들어오라고 권했다. 하지만 그때 마침 밖에서는 최악의 상황이 그쳤고, 오래 쉬었다 가기에는 갈 길이 아직 멀었다. 지금 내가 지나온 구간만 해도 상당히 광대하다. 학교를 떠날 때, 나는 다른 이의 주목을 끌지 않도록 아주 살며시 철문을 다시 잠갔다. 끝없이 걸어서 프로뱅에 도착했다. 나는 거하게 먹기로 결심했다. 그러나 겨우 샐러드 한 그릇을 삼키고 있을 뿐이다. 지금 내가 일어나야 한다면, 한 마리의 매머드가 몸을 일으키는 것이다.

12월 12일 목요일

　　피에르-앙리 델루와 통화. 나는 아직 잠자고 있던 그를 깨웠다. 이제 그는 내가 걸어 온 것을 아는 유일한 사람이다. 낭지에 도착. 완전히 직선으로 난 길이라 걷기에 편하다. 아무 생각 없이 도로 옆으로 터벅터벅 걸어도 되기 때문이다. 차가운 눈이 가볍게 흩날리기 시작한다. 그리고 이내 비로 변한다. 너무 춥다. 눈이 멎을 때쯤 경찰 검문에 걸렸는데, 아주 불쾌한 일이었다. 수확이 끝난 들판, 가로수 길의 나무들, 사탕무에서 나온 쓰레기 더미. 프로뱅에서 아침나절에 한참 걸었다. 전부 10킬로미터는 될 것이다. 모든 여정을 단번에 끝내 버리자는 의지가 솟아오른다. 하지만 프로뱅에서 파리까지는 족히 80킬로미터는 될 것이다. 거기에 내가 이미 걸은 것까지 합치면 90킬로미터. 목적지에 도착할 때까지 멈추지 않을 작정이다. 밤새 걷고 반나절을 더 걸으면 된다. 추위로 인해 얼굴이 뜨거워진다. 근 며칠간 새벽 네 시면 잠에서 깨어났다. 그래도 어젯밤에는 좀 잘 잤다. 새벽 일찍 천천히 길을 나섰다. 어둠 속에서 먼저 간 곳은 프로뱅 시내의 상부 지역이었다. 천 년 전이 얼마나 침울한 시대였을지 상상해 보았다. 그곳 건물들에서 느낄 수 있었다. 텅 비다시피 한 버스가 나를 지나쳐 간다. 운전사는 달리면서 공압식 문을 열어 놓았다. 아직 타고 있는 담배꽁초를 밖으로 던져 버리기 위해서였다. 앞문과 뒷문, 두 개의 문이 열려 있다. 운전사는 습관적으로 그렇게 행동하는 듯하다. 그는 승객을 태우고 달려 본 적이 별로 없다. 버스는 거의 항상 비어 있다. 어느 날 책가방을 멘 초등학생이 뒤쪽 문에 기대고 있다가 밖으로 떨어진다. 사람들은 몇 시간이 지나서야 아이를 발견한다. 왜냐면 차에 타고 있던 두 명의 승객은 버스 앞쪽에 있어서 그 사실을 깨닫지 못했기 때문이다. 하지만 때는 이미 늦었고, 그날 밤 아이는 죽는다. 재판에서 버스 운전사는 변명거리를 내놓지 못한다. 도대체 어쩌다가 이런 일이 생겼을까, 운전사는 온종일 묻고 또 묻는다. 어쨌든 선고는 아직 내려지지 않았다. 내 두 손이 추위 때문에 게딱지처럼 붉어졌다. 나는 계속 걸어간다.

12월 13일 금요일

　　밤새 걸었다. 파리 근교에 도착. 나의 할아버지가 문 앞 바깥에 놓인 의자에서 다시 일어나기를 거부했던 날이었다. 배경엔 농가가 있었다. 녹슨 장대 사이에 빨랫줄이 매여 있고, 거기엔 빨래집게들이 걸려 있었다. 물이 고인 작은 진흙 구덩이에서 오리들이 찰싹거렸다. 조금 떨어진 곳에는 헛간과, 은퇴한 철도 공무원을 위해 지어진 것 같은 작은 오두막이 있었다. 철로에는 하루에 단 한 번 기차가 지나갔다. 나의 할아버지는 이불을 가슴까지 두르고 가죽 안락의자에 앉아 있었다. 그러다가 아무런 설명도 없이 지금부터 의자를 떠나는 것을 거부하겠다고 했다. 날씨가 좋았기 때문에 사람들은 할아버지를 그대로 놔두었고, 나중에 할아버지 주위에 일종의 간이 정자를 지어 주었다. 정자의 벽은 나중에라도 빠르고 간단하게 다시 떼어 낼 수 있도록 지었다. 바깥 날씨가 따뜻했기 때문이다. 지붕에는 공사용 판지로 못을 박았다. 할아버지의 등 뒤에는, 농가 다음의 첫 번째 건물인 식당이 있었다. 메뉴판에는 가능한 모든 요리가 쓰여 있다. 하지만 종업원은 항상, 그것은 오늘 안 된다, 저것은 방금 다 팔려 소진되었다 말한다. 또 돼지고기 요리는 주문할 수 없다고 한다. 정육업자가 재료를 제대로 공급해 주지 않기 때문이다. 그래서 항상 여러 가지 생선 요리만 있다. 매일같이, 그 식당이 생긴 이래로 늘 그랬다. 말하자면 식당의 테이블은 수족관으로 칸이 나뉘고, 그 안에는 잉어, 송어, 그리고 몇몇 이국적인 종류의 생선이 담겨 있다. 그중에는 강력한 전류를 내뿜을 수 있는 전기뱀장어도 있다. 하지만 이 물고기들은 결코 꺼내져 요리의 재료로 쓰이지 않는다. 요리사들이 요리용 물고기를 어디서 조달해 오는지는 수수께끼다. 내가 허기가 질 때면, 모든 수족관마다 '너무 배가 고파요'라는 표제가 달린다. 사람들이 위에서 빵 부스러기를 물속으로 던져 주면 물고기들이 가루 주위로 몰려든다.

할아버지는 언젠가 사실을 밝혀 주었다. 할아버지는 자신의 척추 뼈가 부스러진 느낌을 받았다는 것이다. 안락의자에 기대어 앉아 있기 때문에 모든 것이 붙어 있었지만, 만약 자리에서 일어났다면 할아버지의 몸은 자갈 더미처럼 해체되고 말았을 것이다. 아마 쇄골을 보면 알 수 있었을 테다. 할아버지는 다른 사람들이 할 수 없는 어깨 움직임을 증거로 내놓았다고 본다. 어깨를 회전시킬 수 있다는 것은 곧 척추가 부스러져서 쇄골이 척추에 단단히 고정되지 못한다는 사실을, 적어도 왼쪽이 그렇다는 사실을 보여 주는 것이다. 할아버지는 11년간 안락의자에 앉아 생활했다. 그러고는 자리에서 일어나서, 간이 정자 뒤에 있는 식당으로 들어가 음식을 주문했고, 생선 요리를 먹었다. 계산을 하려고 했을 때, 주머니에 지니고 있던 돈이 쓸모없는 것이 되었음을 알았다. 몇 년 전에 화폐가 바뀌었기 때문이다. 그다음에 할아버지는 늙은 누이를 찾아가서, 그 집 침대에 누웠고, 이번에는 침대를 떠나는 것을 거부했다. 할머니는 이 상황을 이해하지 못했지만 누이는 잘 이해했다. 할머니는 날마다 찾아와서 할아버지에게 일어나라고 설득했지만, 할아버지는 들은 척 만 척 일어나지 않았다. 9개월이 지나자 할머니는 매일 오지 않고 일주일에 한 번 찾아왔으며, 그렇게 42년이 흘렀다. 금혼식 때 할머니는 일주일에 이틀을 오게 되었는데, 이틀 연속 온 건, 말하자면 결혼기념일이 정기 방문일의 전날이었기 때문이다. 집이 꽤 멀었기에 할머니는 늘 전차를 타고 다녔다. 수년이 지난 후 전차는 더 이상 운행하지 않았고 선로는 파헤쳐졌으며, 버스 운행이 시작되었다. 할아버지에게 오는 날마다 할머니는 할아버지의 장화를 갖고 와서, 할아버지에게 보여 주며 장화를 신고 자리에서 일어나라고 애써 설득했다. 42년이 지난 후 작은 불행이 발생했다. 할머니가 승객이 엄청 많은 버스에서 이리저리 밀리다가 장화가 든 비닐 백을 놓쳤다. 그것을 다시 집어 들기도 전에 버스가 출발하면서 장화는 짓밟혀 버렸다. 어떻게 하면 좋을까? 할머니는 할아버지를 방문하기 앞서 새 장화를 한 켤레 샀다. 할아버지는 새 장화를 보자 그것이 발에 잘 맞을지 궁금해졌다. 할아버지는 장화를 신고 자리에서 일어나서 할머니와 함께 집으로 갔다. 그로부터 2년 반 뒤, 할아버지는 친구들과 볼링을 치며 저녁을 보내고 나서 돌아가셨다. 그날 게임에서는 모두 이겼는데, 할아버지는 쇠약한 심장이 감당하기에 너무 큰 기쁨으로 인해 돌아가신 것이다.

폭풍 속에 서 있는 거대한 숲을 바라본다. 하

루 종일 비가 내렸고, 온밤이 춥고 계속 비에 젖었으며, 그사이 눈송이도 날렸다. 내가 본 것은 트레일러하우스와 장갑의 잔해들. 밤새도록 걷기, 교통사고, 러시아인의 집에서 영접. 시내에 보이는 저 언덕은 루이 14세 시절부터 쓰레기가 쌓여 생긴 것이다. 당시에 저곳은 평평한 들판이었다. 그러다가 쓰레기가 모이기 시작하더니, 오늘날에는 평범한 산이 되어 서 있다. 이 산에 포장도로가 생기고 아파트도 건설되었다.

클로드가 몇 년 전에 나무 위쪽으로 쏜 화살은 이 모든 시간 확고부동하게 나무줄기에 박혀 있었다. 내가 그것을 찾았을 때 화살은 썩어 버렸다. 클로드는 얼마 전에 화살이 아래로 떨어졌다고 말했다. 떨어진 화살은 주웠는데, 강철로 된 화살촉은 아직 나무에 꽂혀 있다고 했다. 그 화살은 종종 나뭇가지처럼 새들이 비상할 때 도약하는 지점으로 사용되었다고 한다. 대여섯 마리의 지빠귀가 그 위에 나란히 웅크린 모습도 보았다고. 그는 사하라 사막을 횡단한 후 인갈에서 처음으로 본 나무에서 딴 작고 메마른 레몬을 아직도 갖고 있다고 한다. 또한 그는 사냥을 위한 탄약과 탄약통은 스스로 만들며, 사냥총조차도 직접 만든다.

아침에 나는 파리 외곽에 도착했다. 샹젤리제까지는 반나절을 더 가야 했다. 거기까지 계속 걸어서 갔다. 발이 너무 피곤해서 아무런 생각도 할 수 없었다. 한 남자가 숲을 통과하러 들어가서는 다시 나오지 않았다. 넓은 해안에서 한 남자가 홀로 커다란 개와 함께 산책을 했다. 그에게 심장마비가 왔는데, 목줄이 손목에 묶여 있어서 계속 앞으로 갈 수밖에 없었다. 개는 달리려 했고, 아주 거칠었기 때문이다. 한 남자는 살아 있는 오리를 장바구니에 넣어 갖고 있었다. 눈먼 걸인이 아코디언을 연주했는데, 그의 두 다리는 무릎부터 얼룩말 무늬 담요에 덮여 있었다. 옆에 있는 아내는 돈을 받을 알루미늄 잔을 들고 있었다. 이들 옆에도 장바구니가 있었는데, 그 안에서 병든 강아지 한 마리가 밖을 내다보고 있었다. 병든 강아지는 부부보다 더 많은 돈을 벌어들인다. 나의 시선은 종종 창밖 광활한 해수욕장으로 향했다. 거기엔 파도가 부서지고 거센 물결이 일었다. 새벽에는 안개만 잔뜩 끼었다. 히아스는 말한다, 자신은 세상의 끝까지 볼 수 있다고. 우리는 위험이라고 부르는 것의 숨결에 아주 가까이 있다고.

종업원 몇 명이 카페에서 뛰어나간 개를 잡으

러 쫓아갔다. 야트막한 오르막도 나이 많은 남자에게는 너무 가파르기만 하다. 그는 무거운 걸음으로 비틀거리며, 헐떡거리면서 자전거를 밀고 갔다. 마침내 그는 기침을 하면서 걸음을 멈춘다. 더 이상 가지 못하는 것이다. 그는 등에 진 배낭에 슈퍼마켓에서 산 꽁꽁 언 닭 한 마리를 꽉 묶어 놓았다.

　　　페루풍 하프 반주에 맞추어 노래하는 여가수는 찾고 있다, 행복에 겨운 암탉을, 기름진 영혼을…….

이것은 나중에 덧붙인 글이다. 나는 아이스너에게 도착했다. 그녀는 여전히 피곤한 상태였으며 병색이 완연했다. 걸어서 거기까지 갔다는 사실을 말하고 싶지 않았지만, 누군가 이미 그녀에게 전화로 말해 주었음이 틀림없다. 나는 당황했고, 그녀가 내 앞으로 밀어 준 또 하나의 안락의자에 아픈 두 다리를 걸쳤다. 놀란 가운데 머릿속에는 한 마디 말도 떠오르지 않았다. 어쨌든 이 상황이 이상했기 때문에, 나는 그녀에게 말했다. 우리는 같이 불을 끓이고 물고기도 멈추게 할 거예요, 라고. 그러자 그녀는 나를 쳐다보며 아주 섬세하게 미소 지었다. 내가 혼자 걸어왔고 보호받지 못했다는 사실을 알았기 때문에 그녀는 나를 이해하는 듯했다. 미묘하고 짧은 순간, 뭔가 부드러운 느낌이 죽도록 지친 나의 온몸을 타고 흘렀다. 나는 그녀에게 말했다. 창문을 열어주세요, 며칠 전부터 저는 날 수 있게 되었답니다.

후기를 대신하여

로테 아이스너에 대한 찬사
헬무트-코이트너 상* 수상 축하 연설

신사 숙녀 여러분,

오늘은 로테 아이스너에게 경의를 표하는 날입니다. 베르톨트 브레히트,** 파렴치한 언행 속에서도 대부분 올바른 것을 말했던 그가 아이스너를 일인자라고 칭한 것은 우리에게 이미 일반화된 사실입니다.

아이스너, 그는 누구입니까? 저는 먼저 이렇게 말하고자 합니다. 그녀는 우리 모두의 양심이며, 뉴저먼

---

*   영화감독이자 배우였던 헬무트 코이트너Helmut Käutner, 1908~ 1980를 기념하여 그가 탄생한 도시 뒤셀도르프에서 제정하였 으며, 독일 영화의 공로자에게 수여한다. 1982년 시행 첫해의 수상자가 로테 아이스너였다.
**   베르톨트 브레히트Bertolt Brecht, 1898~1956, 20세기 독일 최고의 드라마 작가, 연출가, 시인

시네마의 양심이요, 앙리 랑글루아***가 세상을 떠난 이후 세계 영화계의 양심이 되신 분입니다. 그녀는 제3 제국의 횡포로부터 도피하여 살아남았으며, 그래서 지금 독일 땅 위에, 우리와 함께 있는 것입니다. 로테 아이스너, 당신이 이 나라를 다시 밟게 된 것은 정말이지 우리의 품 안에서 일어난 기적이라 할 수 있습니다.

그녀에게 헬무트-코이트너 상을 수여한 이들의 손길은 복 받을 것입니다. 그녀가 여기 뒤셀도르프에 우리와 함께 앉아 있는 이 자리는 복 받을 것입니다. 그리고 신사 숙녀 여러분, 여러분이 함께 자리함으로써 보여 주신 그 애정 또한 복 받을 것입니다.

앙리 랑글루아, 우리의 귀한 보물을 지켜 준 드래곤이며 브론토사우루스. 이 경이롭고 맹렬했던 그분은 우리를 떠났고, 이제 우리에겐 아이스너가 있습니다. 로테 아이스너, 저는 당신께 인사드리며, 이 세상에 존재하는 마지막 매머드, 이 세상에서 영화를 탄생의 순간부

***   앙리 랑글루아Henri Langlois, 1914~1977, 프랑스의 대표적인 영상 자료 전문가로서 '시네마테크 프랑세즈' 영화 자료 기관을 설립하였으며 초대 관장을 지냈다.

터 알고 있는 유일한 생존자, 당신께 존경을 보냅니다. 더 정확히 표현하자면, 당신은 일찍이 영화가 시작된 이후 중요한 분들과 개인적으로 친분을 맺었고 또한 그분들을 자주 지원해 주었습니다. 1904년에서 1914년 사이에 영화를 찍었던 마법사 멜리에스,* 물론 당신은 이 시기가 지난 후에 그와 친분을 가졌지요. 그리고 예이젠시테인,** 채플린,*** 프리츠 랑,** 슈트로하임,*** 스턴버그,*** 르누아르**** 등 여러 분들이 있습니다. 그분들 가

* 가스통 멜리에스Gaston Méliès, 1852~1915, 프랑스의 영화 제작자이자 영화감독
** 세르게이 예이젠시테인Sergei Mikhailovich Eizenshtein, 1898~1948, 구 소련 영화감독이자 이론가. '몽타주 이론'을 확립하여 러시아 영화의 황금기를 주도하였다.
*** 찰리 채플린Charlie Chaplin, 1889~1977, 영국 출신의 배우, 코미디언, 영화감독. 「황금광 시대」(1925), 「시티 라이트」(1931), 「모던 타임즈」(1936) 등 많은 걸작을 남겼다.
** 프리츠 랑Fritz Lang, 1890~1976, 독일 표현주의 영화감독. 오스트리아 출신으로 독일과 미국에서 활동했고, 대표작으로 「니벨룽의 노래」(2부작)(1924), 「메트로폴리스」(1927) 등이 있다.
*** 에리히 폰 슈트로하임Erich von Stroheim, 1885~1957, 오스트리아 출신으로 미국에서 활동한 영화감독, 배우
*** 조셉 폰 스턴버그Josef von Sternberg, 1894~1969, 오스트리아 출신으로 미국에서 활동한 영화감독. 「푸른 천사」(1930)를 감독하였으며, 이 영화에서 무명의 마를레네 디트리히를 발탁하여 대스타로 키웠다.

운데 당신을 존경하지 않는 이는 없을 겁니다. 그리고 당신은 다음 세대와도 관계를 맺어 왔고, 그 세대가 바로 현재 저희의 세대입니다.

　　아이스너는 우리들 순례 여행의 목적지입니다. 파리에 있는 그녀의 작은 집에는 젊은 사람들이 그녀 주위에 모여 있습니다. 그녀의 영혼이 항상 젊기 때문입니다. 당신은 육체만 노쇠했을 뿐입니다. 육체란 짐스럽고 성가신 것이지요. 몸이 노쇠하지 않았다면 당신은 우리와 함께 산에 오르는 걸 좋아했을 겁니다.

　　로테 아이스너, 나는 당신이 비겁하게 우리로부터 그리고 이 삶으로부터 슬쩍 떠나려 했던 그 부끄러운 순간에 대해 이 자리에서 숨기지 않겠습니다. 그것은 1974년, 우리들 '뉴저먼 시네마'가 아직 예민한 어린 식물로 땅속 깊이 뿌리를 내리 못했고 애송이 영화라고 조롱을 받던 때였습니다. 우리는 당신이 죽는 것을 허락할 수 없었습니다. 저 자신도 그 당시에 운명을

****　　장 르누아르Jean Renoir, 1894~1979, 프랑스 영화감독이자 배우로
　　　　1975년 아카데미 공로상을 수상했다. 인상주의 화가 오귀스트
　　　　르누아르의 아들이다.

조종해 보겠다고 시도했습니다. 그때 저는 이렇게 적었습니다. 당신의 양해를 구하며, 그 내용을 인용해 봅니다.

> 아이스너는 죽어서는 안 된다, 죽지 않을 것이다, 허락하지 않겠다. 그녀는 죽지 않는다, 죽지 않을 것이다. 지금은 아니다, 그래서는 안 된다. 아니, 그녀는 죽지 않았지, 죽지 않을 테다. 나의 발걸음은 확고하다. 이젠 땅이 떨고 있다. (…) 슬프다! 그녀는 죽으면 안 된다. 죽지 않을 것이다. 내가 파리에 도착했을 때 그녀는 살아 있을 것이다. 다른 일은 일어나지 않을 것이다. 그래서는 안 되기 때문이다. 그녀는 죽어서는 안 된다. 나중이라면…… 모르겠다, 아무튼 우리가 허락할 때까지는.

로테 아이스너, 우리는 당신이 백세가 되도록 우리와 함께하길 원합니다. 하지만 저는 이로써 당신을 끔찍한 주문으로부터 해방시켜 드리겠습니다. 당신은 죽으셔도 좋습니다. 제가 이렇게 말하는 것은 무례해서가 아니라, 우리가 유일하게 그리고 확고하게 알고 있는 죽음에 대한 경외심에서 드리는 말입니다. 우리는 이제 당신에 의해 단단해졌기 때문입니다. 당신은 우리에게 우리의 고유한 역사에서의 연관성을 가능케 해 주셨기 때문입니다. 그리고 더 중요한 점은 당신은 우리에게 정당성을 주셨기 때문입니다.

정말 이상하게도 독일 영화의 연속성은 제2차 세계대전이라는 파국에 의해 파괴되었습니다. 실마리가 끊어졌는데, 사실 그전부터 이미 그랬습니다. 독일 영화의 길은 허무로 향했습니다. 슈타우테*와 코이트너 같은 몇몇 감독과 영화를 제외하고 독일 영화는 더 이상 존재하지 않았습니다. 사반세기라는 시간의 빈틈이 열린 것입니다. 문학을 비롯한 다른 영역에서는 이런 단절이 그렇게 드라마틱하게 감지되지는 않습니다. 우리들, 신세대 영화감독들은 아버지가 없는 세대입니다. 우리는 고아입니다. 우리에게는 할아버지만 있을 뿐입니다. 무르나우,** 랑, 팝스트***와 같은 1920년대의 세

---

*   볼프강 슈타우테Wolfgang Staudte, 1906~1984, 전후 독일의 가장 중요한 영화감독 중 한 사람으로, 성우와 배우로도 활동했다.
**   프리드리히 빌헬름 무르나우Friedrich Wilhelm Murnau, 1888~1931, 독일 표현주의 영화감독. 「노스페라투」(1922), 「파우스트」(1926) 등 영화사에 기념비적 작품을 남겼다.

대들이죠.

당신의 책들, 특히 표현주의 독일 영화에 관한 저술『악마의 스크린』은, 제가 확신하건대, 이 시대 영화에 대한 중요하고 결정적인 연구로 남을 것입니다. 또한 무르나우에 대한 책, 프리츠 랑에 대한 책, 그리고 파리의 시네마테크**에 끼친 당신의 영향, 우리들 젊은 세대의 운명에 대한 당신의 기여 등, 당신은 우리에게 역사적이고 문화사적인 맥락의 다리를 놓아 주셨습니다. 그것이 어떤 의미인지, 똑같은 파국을 겪었지만 거의 매끄럽게 진보해 온 프랑스인들은 이해하지 못할 것입니다. 전쟁이 끝나자마자 네오리얼리즘***을 창조했

*** 게오르크 빌헬름 팝스트Georg Wilhelm Pabst, 1885~1967, 바이마르공화국 시대를 대표하는 오스트리아 출신의 영화감독. 작품으로 「판도라의 상자」(1929), 「서푼짜리 오페라」(1931) 등이 있다.

** 시네마테크 프랑세즈Cinémathèque Française. 1935년 영상자료 전문가 앙리 랑글루아와 영화감독 조르주 프랑주가 설립한 영화 자료 보관소. 영화 유산을 보관, 복원, 보급하는 것이 목적이며, 프랑스의 시네마테크는 세계에서 가장 큰 규모다.

*** 제2차 세계대전 후 이탈리아에서 일어난 사실주의 영화 운동. 로베르토 로셀리니, 비토리오 데 시카, 루키노 비스콘티, 페데리코 펠리니 등이 이탈리아 영화의 전성기를 이끌었다.

던 이탈리아인들도 이해하지 못하고, 미국인도, 소련인도, 그 누구도 이해하지 못할 것입니다. 그것은 오직 우리 자신만이 평가할 수 있습니다.

제가 언젠가 기진맥진해서, 조롱당하고 좌절한 채 당신을 만났을 때, 당신은 그저 던지듯이 이렇게 말했습니다. "영화의 역사는 당신들, 독일의 젊은 영화 감독들이 포기하는 것을 허락하지 않을 거예요."

두 번째, 우리에게 아주 특별한 의미는 정당성의 문제입니다. 저는 몇 년 전부터 선언하고 주장해 왔습니다. **우리는 독일에서 다시 정당한 영화를 갖게 되었다**고 말입니다. 저를 제대로 이해하시려면, 신사 숙녀 여러분, 나치 시대가 야만과 두려움에 있어 우리에게 가져다 준 것에 반대되는 것을 생각하시면 됩니다. 말하자면 독단적인 권위의 명령이 공표한다고 해서 우리가 간단하게 정당해지는 것은 아닙니다. 우리의 최종적 권위자에 의해 비로소 우리는 정당해질 수 있습니다. 그가 바로 아이스너입니다. 그녀에 의해 우리는 정당성을 부여받았습니다. 아마 이렇게 설명해도 될 것 같습니다. 중세 시대에 누군가 황제의 관을 받게 될 때, 이는 승계에 의해서, 무엇보다도 권력에 의해서 이루어졌습니다. 하지만 그는 자신의 정당성을 로마 교황에게서 얻어야 합니다. 아이스너가 우리의 정당성을 인정했기 때문에 우리는 정당해졌습니다. 그로 인해 비로소 우리는 외국에서 관객과의 통로를 얻었습니다.

　　　　아이스너, 그는 누구입니까? 저는 두 번째로 이 물음을 제기합니다. 로테 아이스너, 당신이 오늘날 우리에게 주는 의미를 우선 당신의 삶에서는 예측할 수 없었습니다. 당신은 오늘날까지도 당신의 어머니에게 화가 나 있습니다. 당신이 사내아이가 아니고, 붉은 피부를 갖지 못했기 때문이지요. 당신은 다섯 살에 카를 메이*가 쓴 소설을 읽고는 붉은 피부의 인디언이 되고 싶어 했습니다. 당신은 카펫으로 인디언의 원형 천막을 짓고 인형들의 머리 가죽을 벗기며 놀았습니다. 고전적 고대의 전설들이 당신을 매혹했습니다. 보통 아이들은 그런 걸 전혀 읽을 수 없는 나이에 이미 그랬습니다. 나중에 학교를 다닐 때는 도스토옙스키를 읽었습니

---

*　　　　카를 메이Karl Friedrich May, 1842~1912, 독일 작가. 여행 소설과 모험 소설로 대중적 인기를 얻었으며, 세계적으로 많이 소개된 베스트셀러 작가 중 한 사람이다.

다. 당신은 고고학자와 예술사학자가 되었습니다. 지금도 당신은 일종의 고고학자입니다. 우회로를 거쳐 다시 고고학자인 것입니다. 당신은 발견해 내고, 묻혔던 것을 다시 캐내고 있으니까요. 학창 시절에 당신의 한 친구가 시인처럼 행세하는 귀여운 청년에 대해 이야기해 주었습니다. 그 청년은 공책에 연극 대본을 썼는데, 당신은 친구의 부탁으로 그것을 읽어야 했습니다. 왜냐면 문학을 이해하지 못했던 친구가 작품이 좋으면 그와 사귀고 싶다고 말했기 때문입니다. 그 작품의 제목이 『바알』**이었습니다. 당신은 밤에 그것을 읽고 나서 친구에게 말했습니다. "이 사람은 독일 최고의 작가가 될 거야!" 그 당시 그는 아직 베르톨트가 아니라, 오이겐이라는 이름으로 불렸습니다. 1921년의 일입니다.

당신에게는 고고학자가 양상추 잎을 작은 정방형으로 잘라 내는 요리사처럼 여겨졌습니다. 또 당신은 어느 박물관에서 감독으로 활동하며 먼지투성이가 되는 것도 원하지 않았습니다. 당신의 논문 지도 교수

** 　　　　『Baal』, 베르톨트 브레히트의 청년기 대표작으로, 1918년에 작성된 초판이 1922년에 출간되었다.

는 그 당시 당신에게 이런 충고를 했습니다. "당신의 학위 논문에서 나는 당신에게 집필 능력이 있다는 한 가지 사실을 알 수 있었습니다. 글을 쓰세요!" 당신은 문학에 대해서, 연극에 대해서 글을 썼고, 막스 라인하르트*를 비롯하여, 1920년대 연극과 문학에서 위대한 업적을 남긴 모든 사람들과 긴밀한 인간관계를 맺었습니다. 그러고 나서 영화의 불꽃이 당신을 엄습했고, 오늘날까지 계속 타오르고 있습니다.

1933년 당신은 해리 피일**의 영화「독가스」에 대해 기고했습니다. 그 글에서 당신은 독자에게 당신 앞에 다가왔던 끔찍한 비전에 대해 시야를 열어 주고자 했지요. 『민족의 관찰자』***는 그에 대해 다음과 같이 대답했습니다. "『필름-쿠리어』****가 얼굴에 쓰고 있던 가면을 벗는다. 볼셰비키 유대인 기자 로테 아이

---

*   막스 라인하르트Max Reinhardt, 1873~1943, 오스트리아 출신의 배우, 연출가, 영화감독. 연극 연출의 혁신을 가져왔으며, 1920년 '잘츠부르크 페스티벌'을 설립하였다.
**   해리 피일Harry Piel, 1892~1963, 독일 영화감독이자 배우
***   『Völkischer Beobachter』, 1920년부터 발행된 나치당의 기관지
****   『Film-Kurier』, 독일의 영화 전문 잡지. 1919년부터 1945년까지 발행되었다.

스너.” 그렇게 당신을 칭하고 주저리주저리 씁니다. 그리고 단어 하나씩, 문장을 중단시키면서, 그 말을 반복합니다. “머리들이 잘려나가야 한다면 바로 이 머리가 잘리게 될 것이다.” 히틀러가 정권을 장악했을 때, 바로 그날 밤 로테 아이스너, 당신은 이 나라가 소유했던 수많은 훌륭한 인사들처럼 쫓기듯 독일을 떠났습니다, 영원히. 당신의 형제자매들은 당신을 따라가는 것을 주저했습니다. 그때 당신은 지혜로운 안목으로 이렇게 말했습니다. “나중에 너희는 트렁크 하나 챙길 수만 있어도 기뻐하게 될 거야.”

　　나치가 점령했을 때 당신은 몇 년간 숨어서 지냈고, 프랑스에서는 가명을 사용했습니다. 당신은 살아남았습니다. 그리고 언젠가 당신의 유해가 프랑스의 숲에 뿌려지기를 소원했지요.

　　당신은 작업을 계속 진행했고 앙리 랑글루아와 함께 수천 편의 무성 영화를 구해 냈습니다. 그렇지 않았다면 그 영화들은 돌이킬 수 없이 영원히 유실되었을 것입니다. 당신은 우리에게 매우 중요한 책들을 저술하였으며, 계속해서 자료를 발굴하고 또 장려해 주었습니다. 우리가 힘겹게 독일에서 우리의 영화들을 일으켜 세웠을 때, 당신은 망설임 없이 우리를 향했습니다. 당신은 직접적인 의미에서 우리에게 날개를 달아 준 것입니다.

로테 아이스너, 당신의 허락을 구하면서, 신사 숙녀 여러분, 1974년 크리스마스를 바로 앞두고 저의 지독한 순례 여행이 끝났을 때 적었던 글을 읽어드리겠습니다.

파리, 12월 14일
토요일

"이것은 나중에 덧붙인 글이다. 나는 아이스너에게 도착했다. 그녀는 여전히 피곤한 상태였으며 병색이 완연했다. 걸어서 거기까지 갔다는 사실을 말하고 싶지 않았지만, 누군가 이미 그녀에게 전화로 말해 주었음이 틀림없다. 나는 당황했고, 그녀가 내 앞으로 밀어 준 또 하나의 안락의자에 아픈 두 다리를 높이 걸쳤다. 놀란 가운데 머릿속에는 한 마디 말도 떠오르지 않았다. 어쨌든 이 상황이 이상했기 때문에, 나는 그녀에게 말했다. 우리는 같이 불을 끓이고 물고기도 멈추게 할 거예요, 라고. 그러자 그녀는 나를 처다보며 아주 섬세하게 미소 지었다. 내가 혼자 걸어왔고 보호받지 못했다는 사실을 알았기 때문에 그녀는 나를 이해하는 듯했다. 미묘하고 짧은 순간, 뭔가 부드러운 느낌이 죽도록 지친 나의 온몸을 타고 흘렀다. 나는 그녀에게 말했다. 창문을 열어주세요, 며칠 전부터 저는 날 수 있게 되었답니다."

로테 아이스너, 제가 당신에게서 날개를 얻은 유일한 사람은 아닙니다. 당신께 감사드립니다. 그리고 신사 숙녀 여러분, 경청해 주셔서 감사합니다.

베르너 헤어초크

1982년 3월 12일

옮긴이의 말

얼음의 땅을 가로지르는 뜨거운 발걸음을 따라

영화감독이자 작가인 베르너 헤어초크(1942~)는 1974년 11월, 파리에 있는 친구로부터 영화평론가 로테 아이스너(1896~1983)의 환후가 위중하여 곧 죽을지 모른다는 연락을 받는다. 이때 아이스너는 일흔여덟의 고령이었다. 헤어초크는 아이스너를 만나러 파리까지 걸어가기로 결심하고 곧바로 길을 나섰다. 이 책은 11월 23일에 뮌헨을 떠난 헤어초크가 12월 14일 아이스너를 만날 때까지, 22일간의 여정을 기록한 것이다.

베르너 헤어초크. 그는 라이너 베르너 파스빈더, 폴커 슐뢴도르프, 빔 벤더스 등과 함께 1970~1980년대 독일 영화의 전성기를 이끌었던 인물이다. 독일 영화는 앞서 1920년대의 표현주의 영화에서 황금시대를 구가했다. 로베르트 비네, 무르나우, 프리츠 랑 등의 찬란한 업적은 해외까지 큰 영향을 끼쳤다. 하지만 나치가 권력을 장악한 후, 표현의 자유가 제한되면서, 영화는 나치 이념을 선전하는 도구로 이용되었다. 제2차 세계대전이 끝난 후 독일의 영화 시장은 미국 영화에 의해 잠식되었고, 독일에서는 통속적인 오락 영화가 제작되는 정도였다. 독일 영화는 침체를 벗어나지 못했고, 1920년대 영화 유산과의 단절은 한동안 계속되었다.

　　　1960년대에 들어서자 의식 있는 젊은 영화인들은 기성의 영화와 단절을 고하면서 새로운 영화 운동을 시작한다. 1962년 오버하우젠 단편 영화제에서 26명의 영화인은 '낡은 영화의 죽음'을 고하는 선언문을 발표하였는데, 후에 '뉴저먼 시네마'라고 불리게 되는 독일 영화의 새로운 시대는 여기서부터 시작되었다. 그러나 뛰어난 신진 감독들이 저마다의 개성을 담은 영화를 발표했다고 해서 곧바로 성공으로 이어지진 않았다. 헤어초크의 연설에서도 언급되지만, 신세대 영화인들이 인정받는 데에는 적지 않은 어려움이 따랐다. 그러므로 그들을 제대로 평가하고, 대내외적으로 알려주는 평론의 역할이 중요했다. 로테 아이스너는 신세대 영화인들에게 독일 영화의 정통성을 인정하고 이들을 적극적으로 옹호한 평론가였다. 그러니 젊은 영화인에게 그들의 대모격인 아이스너를 잃는다는 것이 얼마나 절박한 문제였을지 가늠할 수 있다.

헤어초크는 파리까지 걸어가면 아이스너를 살릴 수도 있으리라는 염원 하나만으로, 물품도 제대로 챙기지 않은 채 길을 나섰다. 그렇게 뮌헨에서 파리까지, 독일 남부와 프랑스 동부 지역의 자연과 크고 작은 도시와 마을을 경유하는 여정이 시작된다. 헤어초크의 기록은 우리가 흔히 여행기에서 기대할 만한 것을 거의 제공하지 않는다. 얼어붙은 땅을 걷는 여행자에게 보이는 것은 황량한 자연 풍경, 수확이 끝난 빈 들판, 눈 덮인 험준한 산악, 스산한 외딴 마을 들이다. 무엇보다도 그는 혹독한 겨울 날씨를 견뎌야 했다. 비, 강풍, 눈, 우박, 그리고 엄청난 폭풍설까지, 악천후를 뚫고 걸어가는 그의 여행길은 목숨을 부지하기 위한 투쟁에 다름 아니었다. 숙소를 구하는 것마저 녹록지 않아서, 시골 마을에서 숙소를 얻지 못할 때는 축사에 몰래 들어가 밤을 보냈고, 때로는 주말 별장과 같은 오두막에 무단 침입하여 간신히 혹한을 피했다. 나날이 피폐하고 남루해지는 행색 때문에 낯선 이들에게 구경거리가 되거나 수상한 사람으로 의심 받기도 했다.

누군가 읽을 것을 염두에 두고 쓴 글이 아니라고 서문에서 밝혔다시피, 이 기록에서는 작가의 내면이 다듬어지지 않은 채 적나라하게 드러난다. 더럽고 초췌한 자기 모습에 스스로 수치와 자괴감을 느낀다거나, 지쳐 걷다가 문득 하늘을 날아가는 비행기를 쳐다보면서 저것을 탔더라면 벌써 파리에 도착했을 거라는 생각도 한다. 너무 힘들 때는 어쩌면 자신의 행위가 무의미한 것일지 모른다고 의심도 한다. 하지만 그럴 때면, 차라리 무의미함을 남김없이 실천하는 것이 낫다며, 마음을 다잡는다.

한편, 얼음 속을 걸어가며 경험하는 세상은 나그네의 상상력을 무제한으로 펼쳐지게 한다. 전신주 위에서 작업하는 설비 기사의 등 뒤로 느닷없이 절벽과 동굴이 나타나고, 우주를 향해 레이더를 방출하는 관측소가 보이기도 한다. 또 어느 교회 마당에서 바람에 날려 떨어지는 나뭇잎을 보며 느닷없이 어린 시절 겪었던 전쟁의 폭격을 떠올린다. 몸을 날려 버릴 것 같은 엄청난 강풍을 맞을 때 그는 스키 선수가 되어 자유롭게 날아가는 자신의 모습을 상상한다. 불이 붙은 채 어둠을 달리는 열차라든가, 우주가 함몰되는 세계 몰락의 초현실적 이미지도 곳곳에서 불쑥불쑥 등장한다. 가족, 동료, 지인들과 관련된 기억, 자신의 창작과 관련된 장면들도 파편처럼 솟아오른다. 사실과 환상 사이를 자유롭게 오가는 문체는 이 여행기의 독특한 매력이다.

　　　어쩌면 그러한 상상과 이야기들은 오롯이 홀로 감당해야 했던 고난의 여행길을 동반한 헤어초크 자신의 내면이었을 것이다. 그런 상상과 함께 잠시 현실을 벗어나는 도피의 순간조차 없었다면 어떻게 그 무시무시한 여정을 견뎌 낼 수 있었을까.

　　　이 책을 번역하면서 구소련의 거장 안드레이 타르코프스키의 1986년작 영화 「희생」을 떠올렸다. 아주 오래전에 본 영화지만 첫 장면은 기억에 남아 있다. 은퇴한 배우 알렉산더가 생일을 맞아 바닷가에 나무를 심으면서 어린 아들에게 전설을 들려주는 장면이다. 어느 승려가 산에 죽은 나무를 심고 매일 의식을 치르듯 나무에 물을 주었다. 그렇게 3년이 지났을 때, 어느 날 놀랍게도 죽은 나무에 꽃이 만발하는 기적이 일어났다. 알렉산더는 또 이렇게 덧붙인다. 아마도 누군가 매일 똑같은 시각에 똑같은 행동을 정성 들여 행한다면,

세상은 변하게 될 것이라고. 헤어초크가 그렇게 위험한 여정을 시작한 것은 간절히 기적을 바라는 마음, 그것이었다. 그의 정성이 하늘에 닿았을까, 아이스너는 다행히 위기를 넘기고 8년 정도를 더 살았다.

빠른 속도가 미덕이 되고 모든 것이 이해타산에 의해 돌아가는 오늘날, 헤어초크의 도보 여행은 무모하고 어리석어 보이기도 한다. 하지만 그가 품었던 간절한 소망만큼은 우리를 감동시킨다. 앞뒤 돌아보지 않고 모든 것을 쏟을 수 있는 소망과 열정을 가져 본 적이 언제였던가. 소망 하나 가슴에 품고 헤어초크는 한 마리 '들소처럼' '매머드처럼' 뚜벅뚜벅 얼음의 땅을 걸어갔다. 그의 뜨거운 발걸음을 찬찬히 따르다 보면 우리도 각박한 현실 속에서 한 줄기 위로와 용기를 얻을 수 있을지 모른다.

안상원

얼음 속을 걷다

초판 1쇄 펴냄	2021년 4월 20일
초판 2쇄 펴냄	2021년 5월 10일

지은이	베르너 헤어초크
옮긴이	안상원

펴낸곳	풍월당
편집	김민채, 황유정
디자인	성윤정, 이솔이
주소	[06018] 서울시 강남구 도산대로 53길 39, 4층
전화	02-512-1466
팩스	02-540-2208
홈페이지	www.pungwoldang.kr
출판등록	2017년 2월 28일, 제2017-000089호

ISBN 979-11-89346-19-5 03850

밤의책은 내밀하고 깊은 읽기를 위한
밤의책 풍월당의 작은 브랜드입니다.